No. 25

文化組織

H.N

主張

大東亞戰爭と文化の建設

日本の文化を建設する上に最も重大な障碍となつてゐたものは、實に米英の非文化であつた。文化とは民族が發展して行く上に創造せらるべきものであつて、その出來上つたもの自身は既にその魂を失つた形骸であるに過ぎない。世の人はその形骸にのみ囚はれ、その形骸を以つて文化を考へる。茲に大きな誤謬がある。今日殘されてゐるパルテノンの殘骸は何を示すか。ロオマのコロセウムは何を示すか。それは單に彼等ギリシャ人、ロオマ人が嘗て文化を創造し得、又創造し得る力を持つてゐたことを示すのみであつて、それらは決して我我の文化ではないのである。根本は民族の實力にある。

文化の再出發は實に茲から初まらなければならない。フランスはパリを救ふことに依つて自己の文化を保存し得ると考へた。この心掛けこそフランスを敗戰に陷れた最大の原因であつて、戰備の不足や動員の不徹底などは、ただそれに附加された二次的原因に過ぎない。フランス民族が實力がある限り、パリは再び建設されるであらう。繪畫は、彫刻は、文學は、否、政治は、軍事は立派に再生し得るであらう。その魂がない限り、敗戰は免るべからざる運命である。

日本の文化は日本民族が實力を有し、不退轉の決意を有する限り、飽くまでも發展し續けて行く。史上歷歷として指摘し得るではないか。日本佛敎は如何、日本儒敎は如何、日本經濟は如何、日本政治は如何、それらはすべて我我の祖先が如何に優秀な民族であり、文化を建設し得る實力を有してゐたかをはつきりと示すものである。

しかも此の歷史的事實は、大正時代から昭和の初期に掛けて、忘却されて行きつつあつた。我我は米英の非文化を以つて「文化」の模範となし、「文化」の標準となし、一意之に從はざらんことを恐れてゐた。政治上のデモクラシイ、經濟上の自由主義、思想上のマルクス主義、すべて之を證して餘りあるではないか。映畫とスポオツとダンスは日本の風俗となり、メエトル法は强制せられ、假名遣ひは發音式にさせられ、漢字は制限せられるといふやうな有樣となつた。これらはすべて現に存在してゐる米英の非文化を以つて動かすべからざる「人類」の「文化」と考へたから生じたことである。その故に日本の文化は無視せられ、日本民族の實力は輕蔑せられ、生れんとする日本文化は、いつでも壓縮されてゐた。

大東亞戰爭、これこそ我が日本文化の再生の第一步である。文化は常に民族の創造である。創造されて出來上つてしまつたものではない。我我は米英の非文化に對して敢然として反擊しつつあつたのであるが、今日、玆にはつきりとその正しかつたことが證明された。昔は米英人の前に潛ねで出ることも恥とした。昔は味噌汁で朝食を食べるのを恥とした。昔はジャズの前に我が民謡を唄ふのを恥とした。今こそ我我は起上つた。我我は卑屈になる必要はない。文化が民族から發する限り、我我は我我の文化のみを眞の「文化」と宣言すべきである。我我の文化建設の邪魔物となつてゐた米英の非文化を、今日から一つ一つ退治して行くべきである。それを退治して而して我我の眞の文化が建てられるのである。大東亞戰爭の意義は實に大きい。

戰爭は非常時である。さうして非常時の文化も亦、人間の文化として立派な創造物である。非常時の文化が永遠の文化でないと考へるが如き輩は、正しく文化の眞意を理解しないものである。それは單に今迄出來上つてゐる文化のみを文化と考へる考へ方であつて、フランス式考へ方である。敗戰主義である。我我は敗北主義的文化觀を棄てなければならぬ。我我の勝利それ自體が新しい眞の文化であるといふ點にまで文化觀を透徹せしめなければならぬ。

大東亞戰爭に於て文化は如何に再出發するか。それは第一に勝利を得るための創造でなければならぬ。第二に米英の非文化を徹底的に排擊しなければならぬ。第三に東亞共榮圈に於ける文化創造に努力しなければならぬ。それらの努力は並大抵のことではない。而も如何なる困難があらうとも、我我が必ず行はなければならない爲事である。日本民族としての誇りを持ち、日本民族たることを光榮とする文化擔當者として、我我は飽くまで此の重大にして困難な爲事を爲し拔くであらう。（**村松正俊**）

長與善郎

佐藤晃一

一

あらゆるものに時がある。しかし、あらゆるものが時に合ふともかぎらない。とにかく、時に合はないもののことをとやかく言ふと、始まらないとばかりに笑はれることは確かだ。

いま私は長與善郎のことを書くが、これは始まらないことだらうか。志賀直哉は昭和十一年に「長與のよさは少數の人々には認められてゐるが、一般にはまだ認められてゐない」と書いてゐる。それから五年後の今日、五十四歳に當るはずの長與善郎のよさは、どの程度にどの範圍に認められてゐるのだらうか。私は、これまでに彼のことが話されるのを全く聞いたことがないし、いままで彼を論じたものを見たこともない。尤も、これは私の寡聞と不勉强との證據にこそなれ、長與善郎の認められ方を知る上には何の足しにもならないが、たとへば、新刊と思つて最近買つた彼の感想隨筆集「自然とともに」は昭和九年の初版が七年後の今日やつと第二版を出したものだつた。恐らく長與善郎の名は、今日の讀書界の流行から遠いところにあるのではないか。私の文章は、「長與善郎を論ずるのは季節はづれだ」といふ聲よりも、「さういふ人がゐたのか」といふ聲の方を多く呼び起すかも知れない。

二

長與善郎とは何者か。ありきたりの意味で小說家だと答へるのは、言葉足らずの氣持がある。彼の小說が既に、彼を單に小說家と命名することを躊躇させるのだが、彼自身の言葉を引いてみよう。すなはち、「自分は生きるために仕事をする組」で、「生きるために書くのだとすれば何も書く事ばかりが生きる事の目的を果す事ではない。もし時に遊ぶ事が生きることになるならば自分は遊んでゐればよい。勞働したい時には勞働し、繪を書きたい時には繪をかいてゐればよい。それらは凡て生命の弛緩ではない。生命の發展であり、自然の發露である。」また、「饑えても自分の生きるためにならないことは書かない」(「或る好事家の話」)。「一體云ふと、僕なぞ文藝を本職としてゐる癖に、それに集注する熱愛の度が充分に高い方だとは云へない。世の文士を見るに、生れつき全く只小說なら小說を讀み、書くためにのみ生れ、四十になつても五十になつても好きなものを讀み出せば、幾日でも文字通り寢食を忘れるといふ性に出來てゐる者も尠くないらしい。思想の方面とか、他の學問とか、美術とかいふものには何の關心も持たず、そんな話になれば全く幼稚なる常識以上に何一つ話も出來ない代り、好きこそものの上手なれで、文藝といふ一道に全興味と全能力とが集中してゐる强味があるばかりに兎も角僕らもその人の名を知るやうになつてゐるといふことも尠くない」(「文藝の仕事と僕」)。

生きるために書くとい態度を明らかにして、所謂「小說家」の思想とか學問とか美術とかいふ方面に對する無關心を輕く嘲笑したこれらの言葉は、いかにも誤解や反撥を招きさうな響を持つてゐる。誰が誤解し反撥するのか。勿論所謂「小說家」や所謂「批評家」たちが――。

また、昭和四年に彼はかう書いてゐる。「文學をやる位なら、文學の根本定義に從つて、自己の本領を枉げず所信を押し通して、自己でなければ書けないものを飽くまで書いて行くがいいのだ。この世に自分と云ふものが他の何人とも異つて、存在してゐる事の意義を徹底して生かすものこそ文士である」し、「兎も角僕らのいつも變らず敬愛出來る仕事は、時流に超然として落ちついて自分の美を掘つて行つた仕事である」(「現代雜感」)。

所信を捨てて時流におもねる愚を笑つたこの態度は、プロレタリア文學の極盛期だつた當時のことだから、ブルジョア個人主義的とでも非難されたことだらうが、今日なら何と非難されるだらうか。思ふに、これこそ眞に自由な藝術家の態度で、非常時平常時によつて變るものではない。自分に忠實でなくて、どうして藝術家と云へようか。しかも、自分に忠實であることには、すぐれた藝術品を生み出す以上の意義があるので、長與善郞はそれをはつきり知つてゐる。すなはち、「人類は一番何を愛するかといふ問に『快樂』だと答へるのは誤りで、『人類自身の身』と答へるのは正しい。そして己れの身が最も大事だとすれば、己れの身、生命に最も利益のある者が一番愛されるのが當然である。だから人類は聖人を愛し、天才を愛する」(「或る好事家の話」)。

長與善郎は所謂「小說家」以上のものである。

三

これを書きかけて、もしか長與善郎を論じたものがありはしないかと思つて開けてみた芥川龍之介全集のなかに、「大正八年度の文藝界」といふ一文があつて、そこに、「長與善郎氏も本年度に於て、特に文壇の視聽を惹くべき作品は、遂に發表することがなかつたらしい。が、氏の單刀鐵門に迫るが如き努力は、懈怠なく續けられてゐたやうである。善郎氏は決して一般批評家が考へてゐる如く、無器用一點張りの作家ではない。氏の精進にして頓挫しなかつたなら、案外早くヘッベルを想はせるやうな、力強い戲曲なり小說なりが出現しないものでもあるまいと思ふ」といふ言葉を見つけた。

改造社發行の現代日本文學全集に、長與善郎自身が書いた年譜を見ると、明治四十五年二十五歲で「兎」といふ短篇を初めて本名で發表してから、大正八年までには、長篇「盲目の川」「彼等の運命」「或る人々」中篇「陸奧直次郎」戲曲「項羽と劉邦」等を書いてゐるが、これらの諸作は、一般批評家をして、長與善郎を無器用一點張りの作家だと考へさせたらしい。

なるほど彼の作品には、無器用なところがある。しかし裝飾を無視した無器用なこれらの作品は、落着いて嚙みしめてゆけば、驚くべき味を見せる。それは男らしい「單刀鐵門に迫るが如き」眞實追求の味で、いかなる場合にもより高いものを求めてやまない作者自身の性質の裏打ちがあるため、一種すがすがしい氣持のよさを感じさせられる。

無器用といふのは、長與善郎の場合、持つて廻つた意味ありげなゼスチュアがないといふことかも知れない。事實、彼には本當の意味の暗示はあるが、頭の惡い作家の舌足らずな思はせぶりは確かにない。

「陸奧直次郎」「靑銅の基督」「春田の小說」「豹」等は——他にまだあるかも知れないが——、眞に讀むに足る作品で決して無器用一點張りだとばかりに片づけられるものではない。しかし、彼の代表作は何と云つても「竹澤先生と云ふ人」で、例はすくないが、我が國のこの種の文學の傑作である。そして、これは最早ヘッベルを想はせるやうな力強いものといふにとどまらない。「竹澤先生と云ふ人」には、作者の意圖と作品の性格とを說明した作者の自序が附けられてゐるが、それはともかく私としては、自分で自分の價値を充分に享樂できる人は、世に認められなくても、「幸福な人。何者と雖も動かす事の出來ない幸福をつかんだ人」であるといふ思想を、これは見事に示した一篇の藝術品であると思つた。勿論この作品の美はこれに盡きるのではない。文學者でもない思想家でもない、中學生の「先生」が相應してゐるなどと非難されてゐるうちはまだしも後には世間から全く默殺される「竹澤先生と云ふ人」の思想や生活態度は、この作品を手に取る人々に幾多の慰めと勵ましとを與へるだらう。そして、曾ては無器用一點張りと批評されたらしい長與善郎は、その文章の美しさと力强さとをここで充分に發揮してゐる。これは考へながら歌ふ人の文章である。

四

思想。我が國の文學界の一部には頑固に思想を排斥する傾向が未だに絶えない。藝術家が持つ思想は藝術家が見る現實をゆがめるとでも思ふのだらうか。思想を持つてゐる作家は「觀念的」で、思想を持つた作品は「理窟つぽい」として、かへりみられないやうである。とにかく、思想を持つからこそ、觀念的であるからこそ、萬物の靈長と名乘つてゐる人間、神を創造または發見した人間が、人間とは何者かと尋ねるところから生れる近代文學に、思想を排斥するといふのは何のことだかわけがわからない。

思想ならば、議論ならば、論戰の文章を綴るがよいと、思想排斥屋たちは主張するかも知れない。しかし、さう簡單には片づかない。さういふ主張が主流になつてきた日本では、長與善郎のやうな作家は灰汁ぬけしない存在かも知れないが、ヨオロッパではむしろ普通の存在である。と云ふのは、「ヨオロッパには一派の精神があつて、――ドイツの認識抒情詩人フリイドリッヒ・ニイチェがこれを創めたのだが――、この派では普通、藝術家といふ概念を認識する者といふそれと融合させてゐる。この派では、藝術と批評との限界が從來よりもはるかに不確かである。(略)。すなはち、この種の藝術家は――恐らくこれは詰まらない種類ではなからう――認識し表現しようとする、深く認識して美しく表現しようとする。そして、認識表現といふ二つのものから離すことのできないさまざまな苦痛を、辛抱强く誇らかに耐へ忍ぶことが、彼の生活に道德的尊嚴を與へる」(トオマス・マン)からである。

さうだ。長與善郎は認識抒情詩人と呼ばれてよい型の精神だ。そして、認識抒情詩人といふ型は、我が國ではなかなか認められない型である。「天には星が光り、地上には人が明りをつける。僕は此處でよく夕方此の景色に見惚れて了ひます。人が明りをつけると云ふ事は實際神秘的な感じのものですね。只夜になつたら明りをつけると云ふ以外に深い意味を持つてゐます。何だか涙ぐみたいやうな、可哀いやうな、有難いやうな感じではありませんか」(「青銅の基督」)。これは詩人の言葉である。また、短篇「海邊にて」の結末の部分「私は私の過去を愛する。又貴ぶ」以下の文章も、美しい抒情的認識で、しかも、長與善郎は、ここで、すべての物語が敍述の時稱形として必然的に過去形を取る秘密を、見事に見拔いてゐると思はれる。くどいかも知れないが、もう一つ例を引くと、「竹澤先生と云ふ人」では、あら尊ふと靑葉わかばの日のひかりといふ芭蕉の句を聞いた病床の竹澤先生が、「すばらしい句だ。……結局僕も只、さう歌ひ度いんだ」と云つてゐる。

長與善郎は、讀者を動かす作品の力や美が、實は作者の思想の力や美にほかならないことを知つてゐる。だから、たとへば畫家を論じて、ラファエルについては「勿論彼ほどの巨匠にして深い意識的な審美のなかつた筈はない」と云ひ、富岡鐵齋については「學問のない畫かきは駄目だと思つてゐたらしい。大雅のことを惜しい哉學問が淺いために竹田に劣ると論じてゐたことはよく人の知る處であるが」と云つて、鐵齋が好學の研究家であつた點に注意してゐる。勿論、人の性はまちまちで、長與善郎は多方面の才能の持主として、思想の方面にも、學問、美術の方面にも關心を持ち得るのではある。が、それ以上に彼は、藝術に從事して何らかの業績を擧げようとする者は、才能のほかに、教養、見識、趣味、精進を持たなければならないことを知つてゐるのだ。

五

長與善郎は肉慾といふものを幾度も問題にしてゐる。易者から「立身はする。併し一生色の迷ひに煩はされる。そして終りを完ふしない」と占はれた法學博士男爵「陸奥直次郎」は、胃潰瘍の湯治に行つてゐながら「全で俺には性慾以外に何物もなくなつてゐるやうだ」と云ふ。「彼岸の夢」には、「分別盛りと云はれる此齡になつて、私は沁々深く女の味と云ふ厄介物が分つて來て了つた。寢てもさめても私はその味の力に引きずり廻はされて苦勞してゐる」とか、「しかしどう云ふものか、女房を尊重する心が深くなればなるほど私の横着な意地きたなさは女房の肉よりはあだな他の女の肉を、單純に唯肉慾のみの對象を慾としてほしがるのだ」といふ言葉がある。かうした意味の言葉は、他の諸作からも幾つも引くことができるが、それを斷片的に並べて引用するのは、長與善郎を變に誤解させることになるかも知れない。ただ、一方にさういふ慾を起す夫が他方に妻といふものをどう考へてゐるかと言へば、「女房なるものは又同時に私にとつて肉慾の對象以上、快樂の相手以上の神聖なるもの」(「彼岸の夢」)である。――この場の引用を物足りなく思ふ人は先づこの「彼岸の夢」を讀んでみたまへ。それでもまだ不審なら「春田の小說」を讀んでみたまへ。それでもまだ納得がいかないなら、長與善郎を全部讀みたまへ――。私は長與善郎が人一倍肉慾に苦しめられてゐると言ふのではない。彼は肉慾に苦しんだことのある人（普通のこと）で、肉慾を中心に生の問題をよく考へた人（普通でないこと）だと言ふだけである。

さて、生の問題をよく考へてゐる人が、たとへば、「彼は人間の精神と云ふものゝ力を眼のあたり見た。人間の思想、信仰、救はれようとする願望、それのいかに怖るべく強く、動かし難いものであるかを見た。人が肉體で生きてゐるのでなく、實に精神によつて生きてゐるものであること、精神は生死よりも強いものであることを現實に見た」（「青銅の基督」）と言ふ事には、何の意味もないだらうか。この意味の言葉も彼の諸作のいたるところに見られるのだが――。いや。これには深い意味がある。

長與善郎は、精神の世界と生の世界とを區別して考へることのできる人、この二つの世界の對立に苦しみ、その調和相にあこがれ、より高い人間的なものを求めずにはゐられない人、そのためにこそ彼は詩人だ、といふ意味が。だからこそ彼はルオールに特別な魅力を感ずる。すなはち、「ルオールの女」といふ短文で、彼は、ルオールが基督の顔を描くに適した內面を持つと同時に、ルオールほど突つこんでなまなましく醜業婦を描き得る畫家も珍らしいと言つてから、「僕にとつてこの畫家が特別な魅力をもつ所以は、實はこの對蹠的とも云ふべき著しい內面の二重性、及びそのための混沌そのものであると云ひ得る」と附け加へてゐる。私は前に、長與善郎は認識抒情詩人だと言つたが、理由のないことではないと思つてゐる。

再び、長與善郎とは何者か。人生の深刻な暗黑面否定面を知つてゐて、所謂「現實主義者」または「厭世主義者」と自稱する人々は、それでは甘い奴だなとあざ笑ふだらうが、彼は人道主義者であり、理想主義者である。甘い奴である。そして事實彼は、「多少のあまさは人生には必要だ」といふ言葉を度々繰返してゐる。しかしこの理想主義は、理想主義の立場から理想を否定したショオペンハウアーの厭世哲學を完全に咀嚼した理想主義である。「その日〱のぐうたらべえ主義、金が入りや飲んで遊べば事足りる主義者は凡て『物を考へる』人間、面倒くさい理窟をコネる人間を十把一からげに理想主義者と云ふことにして了ふのだ」といふことを知つてゐて、「一人の人間がリアリストで同時に理想主義者だと云ふ事がどうして出來ないのか」と言へる理想主義者である。

また、「余の宗教への前提」などといふ文章を書いて、宗教がどうの道德的要求がどうのとうるさいことを言ふ長與善郎は、所謂「小說家」から見れば、鼻つまみものかも知れない。しかし、「物を考へる人間」の諸問題、精神の鬪爭から生れる諸問題は、人間が絶對といふ觀念を持つてゐる以上、宗敎の領域にはひりこまずにはゐない。いろいろな議論はあるだらうが、そして、今日では「食はなければならない。食ふためには」といふ言ひ方が優勢だが、何と言つても、人間は人間であるかぎり動物以上のものである——すくなくとも食へば事足りる動物ではない。絶對といふ觀念をいろいろの面から見るところに生れる、眞理とか、自由とか、正義とか、善といふ概念は、なるほど實現不可能なものかも知れないが、人間が人間たらうとするかぎり捨てることのできないものである。人間的であらうとといふ意味は、これらの概念を捨てまいとする意志を持つことで、さう考へるのが人道主義にほかならない。

長與善郎は他の言葉を使つて、三十七歳の自分を「益々深い意味での自然主義者になる」と言つてゐる。この言葉の誤解を防ぎ、この言葉を理解するために、「竹澤先生と云ふ人」からすこし引用しよう。

「眞に自然であるとは神と共にある事だ。僕らの心が肉體と同じやうに、病的にならず健全な安泰にゐる時、僕らは善を思はず、惡を思はずして唯悠々たる自然さのうちに直ちに神を見る事が出來る。——」

「しかし唯『自然』と云つたんでは誤まり易い。僕は『自然さ』と云ふんだ。そこが本當によく分りや、人は自由になれるんだ。」

「肉體で同化せんとしてその肉體の故に同化出來なかつた處のものにそれを同化させせなかつた精神故に今度は同化する

そこに精神を肉體に宿した自然のたくみがある。」

肉體と精神の一致か。そして、より高いところに昇るか。古い歌だ、と笑ふ人もあるだらう。しかし、これは詩人や思想家が永遠に歌はなければならないからこそ古い歌なのだ。

六

長與善郎は廣く一般に認められてゐるのではないらしい。その全集はまだ出てゐない。彼を讀まうとして私が手に入れた小說集感想集は、昭和九年までに發表されたものの一部に過ぎなかつた。だから私は、「陸奥直次郎」「春田の小說」「青銅の基督」「豹」「竹澤先生と云ふ人」の五篇を主にして、彼を見たのである。彼の代表作中の代表作と思はれる「竹澤先生と云ふ人」(これが私が初めて讀んだ彼のものだが)は、大正十三年から十四年にわたつて、作者三十七歳から三十八歳にまたがつて書かれたもの。年譜を見ると、大正十五年（三十九歳）の「夏から甲状腺の病氣に罹り、殆んど約三ケ年近く何にも出來ず、半分以下床の上で過して了つた」が、昭和四年（四十二歳）には「どうやら病氣も癒えて、又ボツ〳〵小説を書く」とある。その昭和四年から今日まで、早くも十年餘りの時が流れた。恐らくこの十年間は彼の圓熟期であらう。好學の勉强家長與善郎は、この十年間にもかならず傑れた作を書き、美しい感想を綴つたにちがひない。が、殘念ながら私はそれを見る事ができなかつた。ただ、ここに非常に手に入れやすい二冊の文庫本があつて、この十年間の仕事の一端を示してゐる。それは岩波新書中の「大帝康熙」（昭和十三年刊）と教養文庫中の「日本文化の話」（昭和十四年刊）とである。

「大帝康熙」は、一口に康熙乾隆時代といはれる近世支那の黄金時代を築きあげるために、六十年に亘つて休む間のない活動に暮した康熙帝の、治世の全般を隈なく論じつくしたものではないが、しかし、彼の人となりを境遇と時代との兩面から照らして、その大帝たる所以を巧みに浮彫にしたものである。滿洲人でありながら、煮ても燒いても食へないやうな、一筋縄でいかない漢民族をよく悅服させた康熙の努力の跡を辿つて、その統治手段の鑰を摑んだことは、この小冊子をして、著者が希望するやうに、「今日支那に日本が進出し、工作する上の一參考」たらしめるに充分であらう。私としては、この小冊子が、支那事變勃發のため急に興奮させられた著者の愛國心から匆々にでつちあげられたものではなく、十五歳のときに「東洋歴史家を呑氣に志した」著者には、既に早く、支那人を取扱つた幾つかの文章作品や「支那を稱讃す」等の諸文章があることに注意しておきたい。

次に「日本文化の話」も、長與善郎の好學と洞察とをうかがふに足る好著である。小冊子である故、もともと壓縮された內容を、ところどころ斷片的に引用するのは、著者に對する失禮であり、讀む人のためにもなるまい。「固より骨髓をなすものは自分の職掌上、特に思想藝文方面より觀たる私見であつて、隨處の敍說所論の中に未だ何人も言及してゐない箇處で見るべき點があり、それがもし誰かの參考になることがあれば本懷である」といふ著者の言葉は決して不遜なものではなく、讀む人は充分報いられるところがあることを保證するにとどめる。それにしても、時勢にへつらふのであらうか、何でもかんでも日本を持ちあげようとするために、逆に日本の門戸をとざし進歩をはばむのではないかと思はれるやうな暴論が、時を得顏に頭をもちあげかかつたとき、「われらは西洋の生命主義の單純さと、ヒュウマニズムの見解の狹隘を修正擴大しなければならないと同時に、東洋思想の中にその缺けたる幾多の點、の抱くべき正しき意慾と積極性とを吹きこみ、この兩者を結婚せしむる事によつて新しい生命主義と、超人間的廣さにまで高められたるヒュウマニズムを建設すべきである。餘白は餘白だけで生きるのではない。『虚』なることは『實』ならんがためである」と見事に言ひ切つた著者の言葉だけは、是非ともそのまま引用したい。これは單なる言葉ではない。思想である――建設的な。

私は、最初、長與善郎を單に小說家と呼ぶことをためらつた。それは小說家といふ言葉に、狹い嫌な匂がつきまとつてゐるからである。命名などはどうでもよい。既に、詩人とも、理想主義者とも言つたのだ。が、強ひて命名すれば、エマーソンがゲーテを文人と呼び、トオマス・マンがこれに贊成した意味で、長與善郎は文人である――規模の大小は問はずに。

七

勿論、われわれの手近な周圍に多くの器用な作家たちがゐて、おどけた小器用な物語を讀ませてくれるし、思想といふものから全く切り離した何の變哲もない日常茶飯事を丹念に描いて見せてくれる。近來は、特色のある個性もいらない、強い激しい思想もいらないといふ報告文學なるものも、なかなか盛んなやうである。しかし、「畢竟安價な材料を薄つぺらに取り扱つてゐればこそ彼らは達者にも見えるが、材料の選擇扱ひ方の深淺と、又最後に獲得する目標の高低といふことが問題になれば、彼らの技巧ではもう追つつかないのである」(一本調子といふこと」)。

外國文學の傑作を求める讀書界の傾向が、我が國の作家たちにうすら寒い思ひをさせるといふ噂が、通俗の程度に滿足しない讀者の數が增してゆくといふ事實から出たものならば、いづれは長與善郎も讀まれるやうになるだらう。嘗て彼は無器用な作家と呼ばれた。しかし、無器用なといふだけでは決して片づけられない存在である。いづれ時が來て、艤裝を完了した彼の船が思想藝文の大海に浮ぶ時、彼もまた、逞しい獨自の發展を示す有數な文人の一人であることが明らかになるだらう。最初に引用した志賀直哉の「長與の小說」の全文は、「長與のよさは少數の人々には認められてゐるが、一般にはまだ認められてゐない。作品のよさに就ても、人間のよさに就いても、さういふ憾みがある。この事は長與自身にも多少責任がある。然し長與は何時かは分らないが、或時急に正しく認められ出すに違ひない。長與の作品の持つ一種の力の感じは當代無類といつていい。男性的で頭のいい感じも非常に快く感じられる」といふのである。(一六・一一・一七)

虹

野口米次郎

私は手足を崖に横たへる、
人は私の恰好のいいのを褒める、
そしていふ、
『何といふ見事な曲線だ、新月と雖も爭ふことが出來ない。』
私は影を海上に流れさす、
之れが棚引く、箒星のやうな動きを見せる、

人は私の體により添つて、
私の閃めく胸に觸れる、いい氣持で心を天に上らせる。

だが、おおだが『空中の美觀』だなどと褒めることは止めて
下さい。

誰が内部精神を失つたものの悲しい犠牲を知つてゐよう？
みぢめなもの、之れが私だ、大空に最善を蕩盡して、
人々の餓が滿されたが最後、
私は無言に消えなければならない。

決意の形式《フオルム》について

岡本潤

溝口健二監督の「元祿忠臣藏」は、何はともあれ最近見ごたへのある映畫だつた。缺點をひろつていへばいろ〳〵いへるが、僕は映畫批評をするつもりでペンをとつてゐるのではない。何にしても、時代劇映畫といふ不思議な映畫のなかで、これだけ緻密で押しのある演出は今まで殆んど見たことはなかつた。この程度のものが大衆娯樂の水準にならなければ、日本の映畫も進んだとはいへない。

　あの映畫で、赤穗城明渡しに當つて、河原崎長十郎の扮した大石内藏介が「易きをすてゝ難きにつく」といふ決意を語る場面がある。あのセリフは眞山青果の原作から取つたのかどうか——おそらくさうだらう——僕は原作を讀んでゐないから知らぬが、河原崎の演技にも迫力があり、胸を衝くものがあつた。

「易きをすてゝ難きにつく」といふやうな言葉は、云ふ場合にもより、云ふ人間にもよるが、ともすればセンチメンタルにもきこえるし、「難きにつく」と口に出していふことが、實は「易きにつく」場合だつてある。時には保身のカムフラージュになる場合だつてあるだらう。しかし、あの場面はさういふ感傷性やまじりけを感じさせない點で成功してゐた。河原崎の厚みのある演技と聲調は、大石の感情を壓殺した決意の表白に迫力をもたせることに成功してゐた。

いづれにしても、直面するものは「死」以外にない。あの場合、城を枕に討死することは、一見勇しいやうで、感情的にありあはせの死に飛びつくことであり、おとなしく開城して仇討の機を覗ふのは、技術的に死を擇ぶことである。それには死に直面する時間的な忍耐も加はつてくる。日本の武士道といふものは單純のやうで、なか〳〵單純でない。切腹といふ作法もある。死の技術。如何に生きるかよりも、どういふ死に方が一番立派で美しいかといふ沈着な技術的思念から日常生活の作法も規定されてゐる。「元祿忠臣藏」の大石は、その技術的思念の凝結した決意を、元祿といふ頽廢した時代へのプロテストとして叩きつけた。――僕はそんなことを考へながら映畫を見てゐたのではないが、あの場合のあのセリフは僕を素朴に感動させ、僕の胸にのこつた。

「精神活動のあらゆる分野に於て、眞に優秀な人間とは、常に何事もたゞでは與へられず、凡ては代償を拂つて築き上げなければならぬことを、一番よく知つてゐるものゝことをいふのである。彼等は仕事をするのに當つて障碍のないことを恐れ、自分でそれを設けさへするのである。かういふ人間にあつては、形式《フォルム》とは、仕事する時の、意圖せられた決意に他ならない。」

ヴァレリィはこの文章に「倫理學」といふ題を附けてゐる。彼はまた別のところで「いやしくも作品といふ以上、それは常に犧牲を意味する」などともいつてゐる。

ヴァレリイは一見、端正で平和な紳士である。だが、その端正や平和は、言語の武裝によつて裏づけられてゐる。彼の背廣服が裃のやうにも見える。

「一つの社會は、獸性から秩序にまで高まつて行く。野蠻は事實の時代であるから、從つて秩序の時代が擬制の天下であることは必然である、――何故なら、秩序を、たゞ肉體に依る肉體の拘束の上にのみ基礎づけ得るやうな權力は何處にもないからである。そこには擬制の力がなければならない。」

「忠臣藏」が表象する武士道は、あきらかに秩序の倫理であり、その倫理が、頽廢した武士道を更新するために死のプロテストを敢行したといふことになるのではないか。あの場合、復仇は野蠻行爲とはいへない。城を枕に討死することの方が、はるかに本能的であり、野蠻にちかい。大石が討死をやめて復仇の擧に出たのは、彼が獸性から秩序にまで高められてゐた人間であつたからだ。從つて大石は目前にありあはせの「死」といふ事實に本能的に飛びつくやうなことをせず、韜晦といふ技術や時間的忍耐を要する復仇の途を擇んだのであらう。それが大石の「易きをすてて難きにつく」といふ決意であり、ヴァレリイ式にいへば自らに障碍を設けることとである。苦難を超えて好機を摑んだ四十七士の義擧は、意圖せられた決意に相應する形式《フォルム》であつたともいへよう。「忠臣藏」の不朽性は、その決意の日本的に精錬された形式《フォルム》にあるとも考へられる。

「忠臣藏」とヴァレリイ、武士道と詩人――この對照は少しをかしいが、僕は「元祿忠臣藏」を見て、ヴァレリイの「倫理學」を想ひ出した。自らに障碍を設けるといふ決意のありかたについて相通ずるものを感じたのだ。

もう一つ、ついでだから、ヴァレリイがスポーツについて書いた文章の一節を引用させてもらふ。

「……私が愛するものはスポーツの觀念であつて、それを私は精神の領域に移して見るのである。この觀念は、我々がもつて生れた性能のいづれかを、最大限度に發達せしめることをその目的としてゐて、しかも我々に備はつてゐる凡ての性能の間に、ある平衡が保たれてゐることを要するものなのである。何故なら、人間を不具にするスポーツは惡いスポーツだからなのだ。又、スポーツの練習が眞劍に行はれてゐる場合、それは必ず幾多の試練と、時には堪へ難い缺乏と、一定の衞生と、結果に正確に現はれる緊張と忍耐とを、要するものなのである。――一言にしていへばスポーツとは、人間の諸性能の分析と、その組織的な刺戟とを基礎として、人間をある典型に向つて發達せしめて行く、正眞正銘の行爲の倫理學なのである。よつて我々は一見逆説的に、スポーツとは反射作用の組織的な教育であると定義することが出來る。」

かういふ見方からすれば、武藝の習練も、おそらくは人間を武士といふ典型にまで發達させる爲の、行爲の倫理學であつたに相違ない。武藝には武藝の嚴正な形式《フォルム》がある。その形式を度外視して、武士の精神といふものは考へられない。士魂商才などといふのは、おそらく明治の商人の造語だらう。實際的には、士魂は商才のカムフラージュに使はれたものだらう。形式と内容とは元來一つだ。型破りの劍法といふものもあつたやうだが、そも〳〵型を破るといふことが、一つの型を創出することだ。武藝にしろ文藝にしろ、その道理にかはりはないはずだ。

決意とは、一つの精神の結晶である。結晶の度合は、自己に對する峻嚴さに比例する。アランがスタンダールについて云つたやうな「軍隊式な閲見」を自分にほどこすことが必要なのだ。そこからして、最も簡潔な表現が電擊的に發出する。それは本能的な激情といふやうなものとは、全然異質のものだ。電擊的ともいふべき最も簡潔な表現は、十分に磨きのかけられたものであり、最も緻密で正確な結晶體から發するものだ。

本能は決意をもたない。ナチュラリズムの脆弱さは、自動機械である本能に重點をおくところにある。泣くやつは泣きつぱなし、怒るやつは怒りつぱなしだ。制動裝置をもたぬ、ありあはせの言葉の氾濫。現代のナチュラリズムは稅金が上がると聞いてデパートへ押しかけた群集がいゝ見本だ。

しかし、こんにちでは、すでに決意をもたぬ國民はない筈だ。決意をもつてゐるといふことは、決意をもつてゐると云つて誇ることではない。士魂商才だとか、公益優先だとかを看板にしながら、新手の金もうけを考へてゐることではない。決意をもつてゐるといふことは、精神が正確な結晶體をなしてゐる事だ。決意がどういふ形式《フォルム》をとつてゐるかが肝腎だ。滿を持した弓。それは一ぺんではすまぬ。放ち、またつがへ、幾度でも、幾百度でも、敵手を完膚なきまでにやつつけるまでは繰返さねばならぬ。勿論、敵もそれで來る。生死一如——それが戰鬪の常識だ。それは善惡の彼岸にあるものだ。而もその間隙に於ける、不思議にもおだやかで靜寂な姿勢。決意の持續性が絕對に必要な場合に於いて、特にさうだ。

ことわるまでもないことだが、僕は文學者といふものを特別席の對象において云つてゐるのではない。

（一六・一二・一一）

移動起重機

金谷丁

日暮ちかく
風は惱みをつのらせ
蟻たちも巣食はぬ、酸のしみた土のおもて
僅かな
痩せた、すずかけの木立が
捨鉢な葉をふるつてゐる。
鼻につくオイルの艶や
屑鐵

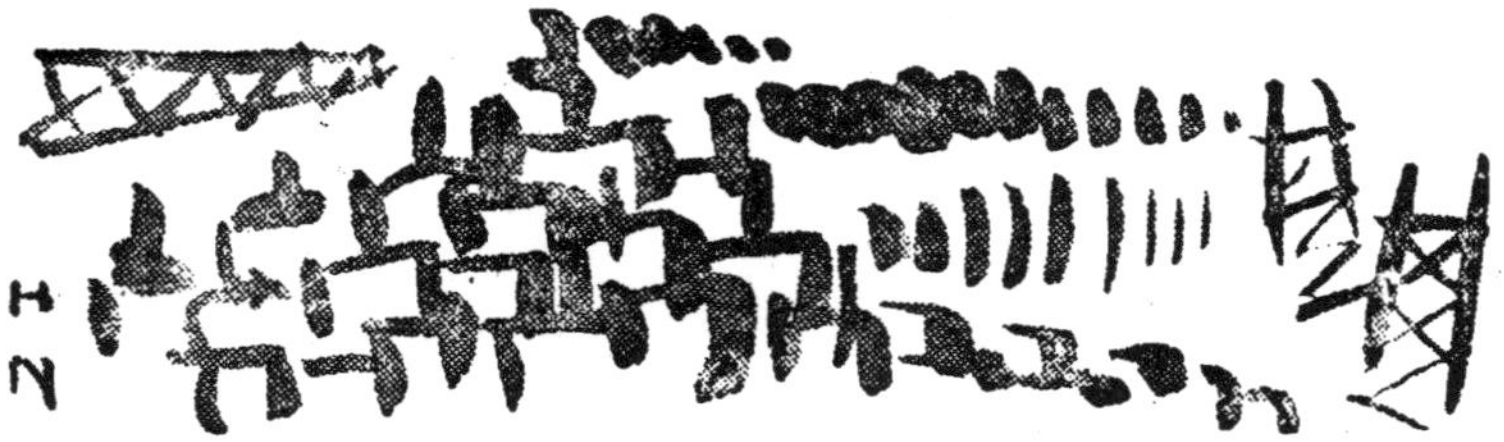

マニラ・ロップ

一望の屋根、不毛のケバ圖……

——雜然と陸を覆ふ。

×

顫く、美しい逆光の奥へ遡つてゐる、雀群。

礫《バラス》のやうに

橫なぐりに

爛れて墜ちる處まで

奴らは

逼迫し、突つかかつて行くのだらう。

あれが見える……

一隅。

移動起重機は巨鈍な茜いろの腕をのべて

夕陽の向ふから
石炭をはこんでゐる。

×

撫順
恵須取
浦幌、美唄……
　粉炭の中からフト轉げ出す
　脆い、潤葉の化石。

あれは、引返して來る！
血ばしる夕雲を、にぶく、ゆすりながら
幾度でも
幾度でも同じ場所へ這つてきては
ドス黒い嘔吐をくりかへしてゐる。

釣狂記（二）

田木繁

しかしながらかう言ふ過程を經ながらも、次第に三吉が魚つり三昧の境地に引き入れられて行つたのは、この技法そのものの特性によるのであらうか？　それとも直接自然を相手とすることの出來る有難さであらうか？

アイザック・ウォールトンと言ふ人は三百年前に「釣魚は詩人の仕事です」と書いてゐる。そして「釣師の歌」の中で

釣はわが手のみにて爲し得れば、
われは釣りつゝ、默想し得るなり

と歌つてゐる。

さう言はれゝばなるほど、詩作と釣魚との形態上の一致と言ふことがまづ指摘されねばならない。

いつも活動的な人々、身體を動かしつゞけてゐなければ承知出來ない人々には、この趣味はあきたらぬ。しかし三吉のやうな不精者、右の物を左へ置き直すことすら臆劫な人間にとつてこれ以上適する樂しみはない。たゞ手先だけを合間合間に動かしながら、精神は同じことばかり考へこんでゐればよい。竿先から水中に通じる一筋の絲にたより、水面と觸れる一點の浮きつ沈みつに瞳を凝らしてゐればよい。廣い風景のあちらこちらを眺めまはす必要はない。風の音にも川のせせらぎにも耳傾ける必要はない。

すると、突如として、詩人の心に於けるインスピレーションのやうな激動が竿持つ人の身體に傳はつてくる。

しかもこのとき、水中にあり、絲端に打撃を與へるもの、絶えず思考の對象となつてゐるものは一尾の魚に外ならぬ。或ひは一尾の魚を通じて現れる食慾と言ふものの正體に外ならぬ。それは如何に背に腹は代へられぬものであるか？　そのためには如何に肉體的危險を敢てするものであるか？

そしてそれはもはや詩人の思索に於けるやうに人間の心や、人間の思想などではない。そのやうにたよりなきもの、反復常なきもの、昨日あつて今日なきものではない。三吉がその半生を通じて考へつゞけ、絶望することに終つた、さう言ふものではない。

が同じ釣魚と言つても、それの技法は魚の種類とともに違ふ。この海岸地方へやつてきて二三年間、三吉はそのあらゆる種類を一通りやつてみた。

彼は最初この地方の人々のやり方に習ひ、川口の岸壁に立つて小魚類をつることからはじめた。夏から秋のはじめにかけて、様々の稚魚類が食物を求め、群をなして岸邊に泳ぎよる。カイヅ、ヒレアカ、ゼニグレ、小バリ、チヤリコ、小アジ等。これらの餌につきやすい小魚つりは、初歩の人の楽しみには持つてこいである。ほとんど餌をつけかへることに追はれる位、次々にとびついてくる。が次第に秋が深まり、水溫が低下すると、これらは深處に遠ざかる。同時に釣手自身も、もつと大物を、もつと大漁をと念ずるやうになる。そしてそれが海の魚を相手とする限り、遙か蒼穹の下の紺碧の海に思ひを寄せる外はない。人々は船に乘つて、沖釣りに出かけはじめる。近所まはりならば手押しで、遠方ならば發動機船によつて。

ところで外海へ出て行つた魚達は、それ〴〵の種類に從つて棲處を持つてゐる。そしてそれらはやがて冬に向ふとともに、群をなして南方へ泳ぎ去つてしまふものであるにしても、一年の内のある期間定つた場所へ居つく。すると、その期間中近邊の素人玄人の釣師達は毎日押しかけて、舳を並べる。

その季節の殘りを三吉は港の出口の牛首と言はれるところで、主に黑鯛の二年物を釣つた。その年は例年に比べると、餘程黑鯛が多いと言はれた。擂鉢の底のやうになつてゐるその場所では、朝早く出かけ、川海老を十分底に撒きこんでおくと、午後になつて必ず黑鯛の群が喰氣づいてくる。鈎を他の四五尾の生海老とともに糠團子で包んでおろすと、糠をふりきる間もなく、異樣な手應へが指先に感じられる。素人の三吉でさへ、二三十匹も釣りあげたことは稀でなかつた。

翌年の期間中、彼は少し外海へ出た地の島と言ふ大きな島のぐるりで、アイノバリ釣りをやつた。突出した大曲の鼻とこの島との間の海峽部を、物凄い速潮の流れつゞけるこの場所は、この地方でのアイノバリの本場であつた。特殊な性癖を持つてゐるため、二三尺錨の入れ方をちがへると、少しもよりつかず、隣りの舟の釣りつゞけるのを見物することに終つたことも一再でなかつたが、一旦きはじめると、つゞけさまに何尾もやつてき、殊に鈎がかゝると、急轉直下水底に引きこもうとする手應へは、まことに言語に絶するものがあつた。その魅力に引きこまれ、二三ケ月の月日は夢見心地の中に過ぎてしまつた。

　が他方に於て、沖釣りには様々の困難が伴ふ。第一にそれは甚だしく天候によつて左右される。朝の內は凪いでゐても午後になつて吹いてきたり、灘には波がなくとも、沖には下波が立つてゐたりする。すると、素人にはすぐ頭が痛み出してきたり、嘔氣が催されてきたりする。次にそれは船頭相手の人間關係に少なからず惱まされる。沖釣りには、それが遠方であるほど、どうしても船頭を傭はねばならぬ。ところでこの船頭、本職の釣漁師ほど扱ひにくいものはない。一旦海上へ出てしまふと、彼等は彼等の思ふとほりにしか動かぬ。恐らくはこの仕事の、網漁師などと異る職人的性質によるものであらう。さう云ふ傾向は名人と言はれるものに於けるほど甚だしい。もとより初めの內はそれの言ふまゝについて行くに越したことはない。が二回三回と重なるにつれ、元來釣漁は獨創性を尙ぶものだ。あれやこれやの經驗を思ひ出し、未だ誰も知らない漁場を發見したり、誰も釣れないときに、一人だけ大漁をせしめたりするのでなければ、眞の境地に達したとは言へぬ。

　そして三吉がふつつり沖釣りを諦めたのは、ある秋の終りの一日以來のことであつた。その前夜、彼は少しもねつかれなかつた。翌朝何も豫定がないならば、彼はいくらでも眠れるが早く起きねばならぬとなると、どうしても眠れぬ癖が彼にある。焦り立てば焦り立つほど眼が冴えてくる。仕方なしに一旦ちやんと仕舞ひこみ、枕許へ並べておいた道具類をもう一度引つぱり出した。あれやこれやの現場の狀況を思ひ浮べ、新しい鉤素類を必要以上に入れ添へたりした。が漸く豫定の時刻までの間をつぶし、船頭の家まで出掛けて行くと、呆れたことに、船頭はすつかり寢込んでしまつてゐる。近所に氣兼ねしい〳〵雨戶を叩きつゞけ、起こしてからも一向に急がうとしない。忘れた道具類を取りに引き返したり、川海老を買ひに行つて話しこんだりした揚句、船に乘りこむことの出來たのは、すつかり東が明るくなつてからのことであつた。船に運轉をかけてしまへば、それからはさきは大して時間はかゝらぬ。が目的場所に着いてみると、繋り場は既に十數はいの船達によつて塞がれてしまつてゐる。この場所でハナマル（黒鯛の一種）が喰ひ出したことは既に一般に知れわたり、こんなことであらうとは前から察しられてゐたことだ。居並ぶ中には既に來はじめたと見え、上ずつた叫聲をあげはじめてゐる人がゐる。竿をも舷にかぢりついた背をも弓形に曲げ、せぎらせにかゝつてゐる人もある。が彼等自身の船はそれからも長い間、人々の船と船との間へかゝらうとして、苦情を言はれたり、全然見當外れの端の方で撒餌を徒費したりして、時間を過ごさねばならなかつた。その揚句、やつと手應へのやうなものが感じられはじめた頃になつて、俄に西風が立ちはじめた。氣づいてみると、ぐるりの波はいつの間にか大きくなつてゐる。西方の水平線から湧き出るやうに次々に眞白い雲がとびあがつてゐる。そして今の先までひたすら釣ることばかりに專念してゐたぐるりの船達は、早くもこの異變に氣づいたと見え、錨をあげにかゝつてゐる。ストン〳〵機械に始動をかけはじめてゐるのもある。さうなると如何に魚が喰氣づいてきても、頑張りつゞけてゐるわけには行かぬ。うつかりすると、大曲りの鼻の絶壁へ叩きつけられてしまふ。

陸へほうりあげられてから、三吉はつく〴〵ふりかへつて見ずにゐられなかつた。昨夜から如何に意氣ごんだことか！その揚句、何をやつたことか！　如何な釣狂もこんどこそ少々懲りずにゐられぬでないか！

が睡眠不足と期待外れのためにクタ〳〵になつた身體を引きずりながら、土手を引返してきたとき、ふと足下の萓の間で糸を垂れてゐる一人の男の姿が眼に映つた。細い、しかし先端の強い竿を靜かに横へ動かしつづけてゐる。時々眼に見えて竿先へがくりとこたへてくるものがある。合はすと、四五寸もある奴がふらり〳〵尻尾を振りながら上つてくる。

「よく釣れますね」

思はず傍へ腰をおろし、見物しはじめた。黒い詰襟に頂邊のつぶれた中折をかむつてゐる。色は黒いが少しむくんだ顔付をしてゐる。言葉つきはこの邊の人と違ふが、汽車に乘つてやつてきた樣子には見えない。

何處へ行つたのかと聞くので、沖へ出かけ見事にあぶれて歸つたのだと答へた。すると急に聲立てゝ笑ひ出した。

「こんなよい場所に居て、なんで川釣りをやらんのですか？」

川釣りは一人で歩きまはることが出來る。風や波のためにあぶれると云ふ心配は殆ど無い。その上一年中何か對象がある。秋から冬にかけての鯊、寒中の鮠など。

釣りあげた魚を袋の中へほうりこんだり、食ひちぎられたゴカイを、首にぶら下げた餌箱からの新しいのと取り換へたりする仕事をつゞけながら、男は話しはじめた。

「一日中小さい水溜りの前へ坐りこんでゐても、だしじやこのやうな魚ばかり相手にしてゐても、樂しみは又その中にありますよ」

この鯊つりの竿先と錘子の重さとの關係、がくりとこたへてくる底這魚の當り、翳のやうに通りすぎ、少しの物音にも逃げ去る鮠の觸感、一旦引きこんだ後、又ぼくりと浮木を持上げてくる源五郎鮒からの特殊な魚信。

「むしろ大物を〱と狙ひ、海釣りばかりに凝つてゐる間は、釣趣味も未だ素人の域を脱せんのやないですか？」

その上味覺から言つても――男の川釣禮讃は容易に終りさうに見えなかつた――川魚は決して海魚に劣るものでない。味噌汁吸物の調味料にこの上ない鯊、天婦羅や田樂にすれば、口の中でとろける鮠、刺身にすると、鯛やハマチに勝るとも劣らぬ鮒、最後にすべての海魚の上位に位する味覺の王者鮎等。

それから朝起きると、釣竿を擔いで川堤の上を歩く三吉の毎日がはじまつた。

A川が紀勢西線の線路に沿ふて流れてゐるM驛からF驛に到る間、更にそれから離れて狹まつた山間部へはいつてゐる二三里上流までも溯つて行つた。

川が突出した山の根にぶつつかつたところには必ず大きな淵がある。これらの大きな淵と淵との間にも、廣い川幅のまん中を流れがあちらへ突きあたりこちらへ突きあたり、いくつかの小さな淵をつくつてゐる。そしてそれ〴〵金谷の淵、岩崎の淵、流れ岩、崖、辰の口、梶原、横手、橋下などと言ふ名前で呼ばれてゐる。

季節によつては、これらのどれかに二三十人もの人々が立ちつゞけることがある。それほどでなくても、年中一人や二人の人影の見られぬと言ふことはない。

それらの人々の傍へ近寄つて行つては、目がけてゐる魚の種類を訊いたり、使つてゐる道具や技法の要領を覺えたりすることから三吉ははじめた。

そして大體潮の干滿に關係があるのは橋下と横手との間の瀨までで、それを境として、淡水魚と鹹水魚が上下に分れることを知つた。カイヅやハゼやイナやカレヒの子などは、橋下から一つ上の小さな入江までしか上つて來ない、朝早くハネ（スヾキの子）が大きな音を立てゝ水面にはねあがりながら、水を飲みに來るのは横手の下の大きな落込みだ。それに反し、無數の列をつくつて鯇や鮎がスイ〳〵水底を走りまはつてゐたり、夕方になつて表面に浮きあがり、後から〳〵瀨へ出て行つたりする姿はもはや横手から下には見られない。

從つてM驛へ降りた釣客の内、ゴカイの餌箱や海老の生け籠をぶら下げたハゼつり小物つりの人々は、M橋から下の川口との間の溜りを狙ひ、短く疊んだ鯇竿鮎竿を抱えた人々は、橋より上の淵を覗きこみながら溯る。そしてどんな釣魚をも一應試みずにゐられなかつた三吉自身のやり方とは反對に、これらの川へ集つてくる人々にはそれ〴〵得手のあることを知つた。橋より下流で會ふ人々には殆ど上流で會つたことがない。上流に於ても、鮒つり鯉つりをする人々、寒鮠つりをする人々、鮎の毛鈎つりをする人々、鮎の友がけ引つかけをする人々等では全然顏觸れが違ふ。毎年それ〴〵の季節になると、前年見かけた人々がそれ〴〵の場所へまたやつてきてゐる。

地元の人々と汽車に乘つて都會からやつてきた人々との見分けはすぐついた。前者の野良行姿そのまゝに對し、後者は甚だ凝つたハイキングや山登りと同じ姿をしてゐる。道具も延竿一本、魚籠一つに對し、美しい漆を塗つたり、籐で卷いたりした繼竿の外に、大小の箱に入れわけたこまかい道具類を揃へてゐる。技法から云ふと、田舍の人々は何十年何百年來少しも變らぬ生餌づり、友がけ、引つかけが主であるが、都會の人々はそれが海の魚とちがひ、零細で敏感であるだけ今まで思ひも及ばなかつた方法を考へ出し、それに伴ふ纎細巧緻な道具類を揃へてきてゐる。しかし對象から言ふときは田舍の人々にとつては何よりも魚、特に鮎が目的であるのに、都會の人々は、たゞ技法を樂しんでゐるやうに見える。從つて地方の人々の出てくるのは、主として鮎の解禁時と落魚期に限られてゐるが、都會からの人々は一年中缺かさず來てゐる。寒中にもやつてきて、どこかの淵の前へリュクサックをおろしてゐる。が一日中あれやこれや道具を取りかへた揚句、それらの人々の嬉しさうに持つて歸るものと云へば、大抵目高のやうな小魚數尾に過ぎぬ。

それらの人々の中の常連とは三吉は次第に顏馴染みになつた。そして海釣りと違ひ、身動きが自由なだけ、仕事がこまかいだけ、一層例の釣師特有な氣質が普遍的になつてゐるのを認めずにゐられなかつた。傍へ寄つてくる誰彼なしを摑へて川釣り禮讃を開陳し、說得せずに止まぬ先日の鯊つりの男のやうな話好きがゐるかと思ふと、メッタに人と言葉を交さない、たまに口をきいても、意地惡のやうなことばかり言つてゐる男もゐた。地方の人々の中には厚かましいのが少なからず、他人が釣れ出すと、すぐ寄つてきて、狭い間へ割りこみ、他人を押しのけるやうにする。がかういふやり方はまだその無邪氣さを買ふことが出來た。他所からの人で、いつも一人離れて坐ることに定めてゐる病身らしい男がゐた。他人がいくらつれても、全くの無關心を裝つてゐる。お前らがつれようとつれまいと、わしには關係がない、がそのかはり、と云ふ豫防線をも同時に張つてゐるのだ。たとへわし一人つれるやうなことがあつても、傍へ來てくれるな、技法を覗きこむやうなことは金輪際してくれるな。

その年の暮、餌の關係から、三吉は鯊つりから鮒つりに移つた。同じゴカイ又は蚯蚓を持つて、橋下より上流の捨石の間へ絲を垂れると、鮒がやつてくる。最も古くからある技法で、最初に充分糠玉又は薩摩芋の撒餌をやつておけば、後は煙草を啣へて待つて居ればよい。そしてたとへ魚信があつても急いであげる必要がない。急いであげると、餌の先端だけが取られ、却つて失敗する。日中あたりが少くとも、夕方まで待てば、必ずやつてくる。殊に夕方七八寸もある大物がかかり、ぐらり／＼水底をかき廻す手應へは、一度味ふと忘れられない。たゞこの釣りの常連の中に、年中鮒つり許りやつてゐる變り者の老人がゐて、他に適當な場所のない儘に、うつかりその傍へ坐り、ひどい劍突を喰らはされた事がある。

つゞいた冬の期間中、彼は寒鮠つりをやつた。この恐らく日本全國到るところにゐる魚、同じやうに淡水に棲み、形態習性ともに相似てゐる鮎が、秋の終りに色黒く瘦せ、海へ流しおとされてしまふのに反し、冬中も淵や水溜りに生殘り、ます／＼脂ぎり、美味になる魚。それは極寒にも尙多少の喰氣を存し、殆ど唯一の釣師の目標となる。その形甚だ小、その性質到つて輕快、從つてそれを釣るために人々は極めて小さい鈎、髮の毛のやうな鈎素、絲と同じやうに細く、しなやかな竿等を用ひる。つまりこれらによつて長大な竿を以て大物をかけたときの如き効果を狙ふ。冬の間、三吉はF驛前の本流から少し入りこみになつてゐるところに、毎日大阪からやつてきてゐる一人の男を見かけた。ほんの二三坪ばかりの水溜りで、深さも二三尺しかない。恐らくあちらこちら歩きまはつた揚句、そこだけが釣れる事を發見したのであらう。この邊では子供も相手にしない、黑く少し臭氣のある柳ばえばかりを目がけてゐる。

が技巧の細さに於て、人工の極致を行つたものは、何と言つても鮎の毛鈎――擬似餌鈎――釣りであらう。この形狀から言つても、性質から言つても、又味覺から言つても、川魚の中で一番花形である鮎、それは昔は絶對に餌に近づかぬものとされてゐた。網によらぬとすれば、それの漁法は友がけ又は引つかけの方法に限られてゐた。ところが近年になつて擬似餌によつて釣ることが考へ出された。それが誰によつて始められたものか、又何に似せてつくられたものか、三吉は知らぬ。が都會からの人達は何十種と云ふそれを取り揃へてやつてくる。三吉自身も大阪のデパートまで買ひに行つて驚いた。クローム又は金メッキの小さな鈎が赤靑黄綠茶灰黑等々な色合の絲によつて異る捲き方をされてゐる。

「鮎が實際にこれらの鈎を一つ〳〵見わけるかどうか分りませんが」

その後三吉が出合つた脇本氏が敎へてくれた。M電鐵の人で、縣廳所在地のW市に勤めてゐた頃、この川の毛鈎に適することを發見して通ひはじめ、それ以來既に十年になると言ふ。

「たゞ川底の狀態、天候の晴曇、川水の淸濁、一日中の時刻等によつて適ふ鈎が違ふから不思議ですよ」

但し一般には人々はこれを初夏の解禁時に用ひる。解禁時、川の中に無數の魚が充滿し、淵の中を泳ぎまはつたり、瀨をのぼつたりしつゞけてゐるとき、いくらか流れのある淵の前へ立つて、何本も繼ぎ足した長大な竿の先に、四――五匁位の分銅とともにぶらさげた鈎をあげさげする。(そのため一名沈み釣とも言ふ。)すると、パッと一匹の羽虫か何かが翅をひろげ、水底からとび立つたやうに見えるのであらう、底に這つてゐる魚、途中に浮いてゐる魚があはてゝとびついてくる。ピリリと手應へが手許に感じられる。バラさぬやうに何本もの竿を下から抜きとりながら、手前へ引きよせる。ぶるん／＼身をふるはせ、あがつてくる奴を、目隠しするやうに上から掴む。忽ち、それはもはや魚の臭ひなどでない、麥稈か何か引き拔いたときのやうな香氣が人々の鼻を衝く。

しかし打明けて言ふと、三吉自身はこれらの川釣りに於ても、その第一線に立つことが出來たわけでなかつた。なるほど彼は他の誰よりも熱心に通つた。時には、もう自分になし得ることはこの仕事以外にないと言ふ（曾ての詩作に對する打込み方と同じやうな）氣持にまで陷つたりした。しかし彼のそれにかけた日數と、傾けた熱意とにも拘らず、彼の漁獲は他の誰にも負けなかつたかと言ふと、さうではなかつた。いやむしろ、人々の最も多く釣つた時期には、彼はたゞ見物することに終つた。そしてだん／＼釣れなくなつた頃から、人々の足の遠のきはじめた頃から、いよ／＼彼自身が活躍しはじめるのであつた。

それはもとよりこの年が彼にとつて第一年であつたために違ひない。その時期になるまで、彼には殆ど何の豫備知識も道具の用意もなかつた。そしていつの場合にも鯊つりの男やM電鐵の脇本氏のやうな親切な人に出會へたとは限らなかつた。がそれとともにもう一つ、彼にあつては自分でどうすることも出來ぬ性格（そのために又曾て詩人などになつたに違ひない）のあるのを改めて痛感した。彼は他の人々のやうに敏捷に立ちまはることが出來ぬ。どこかで釣れはじめたからと言つて、すぐさま押しかけて行つたり、駄目になつたからと言つて、器用に切りあげて來たりすることが出來ぬ。もう殆ど喰ひやんだ時分になつて、ノコ／＼出かけ、一尾も釣れないにも拘らず、いつまでも執念深く頑張りつゞけてゐる。そして心の中では反對に、かう言ふ性格こそ天晴れ釣狂たり得るの素質（？）であると考へる。

「誰でも釣れるときに釣つたところで、何にならう。釣れないときの面白さが分るやうになつてこそ、やつと魚釣りも一人前だぞ！」

たとへば、毛鈎づりの場合でも、彼はやうやく翌年の六月一日になつて（毎年六月一日から鮎が解禁される）はじめてさう云ふ漁法のあることを知つた。周章てて役場へ行つて、「河川業以外」と言ふ鑑札の下付を願ひ、道具屋へ行つて特別な竿を注文した。しかし問題はそれに使用する毛鈎であつた。その店から賣出されてゐる五六種を求めて試みたが、一向に釣れなかつた。同じやうに並び、竿をあげさげしてゐる人々には次から次へ喰ひつくにも拘らず。そればかりでなく、すぐ錘子を底石に引つかけたり、喰ひついた魚を途中でバラしたりした。そこでいろ〳〵愛想のよいことを言つて話しかけたが、隣りの人は一向に相手になつてくれない。そんな白いシャツを着て立つのは禁物だとか、錘子をドブンと落すとあたりの魚は皆散つてしまふとか、見當外れのいやがらせばかり言つてゐる。

この毛鈎づりにあつては、彼等は彼等の苦心して發見した適中鈎を何よりも秘密にする。このことを知つて以來、彼の毛鈎蒐集癖がはじまつた。大阪の釣具店や百貨店へ何遍も足を運び、出來る限りの種類を手に入れた。中でも脇本氏の教へてくれた適中鈎など、製造元まで注文して、特別に何本も手に入れた。忽ち彼のいくつかの鈎サックは様々の美しい鈎で一ぱいになり、それを眺めてゐるだけでも充分氣持を慰め得られる位になつた。

がそれを懐にし、様々の期待に溢れて、川に向つた結果はどうであつたであらう。殘念にも時期は既に外れてゐた。毎年七月になると、鮎達は多く上流へ上つてしまふ。少しばかり殘つてゐるのもすべて底へ沈み、所謂石つき魚になつてゐる。かう云ふ石つき魚に對しては、もはや沈み釣りの技法では役に立たぬ。

これが他の人々であつたなら、それなり諦めたことであらう。二度と川へ足ぶみしなかつたことであらう。が三吉は、彼の當初に於ける口惜しさの甚しかつたためか、その後に於ける蒐集癖の猛烈を極めたためか、どうしてもそのまゝでは濟ませぬのであつた。以前にも增して熱心に通ひ始めるのであつた。假令二三尾でも魚の姿が川底に見すかされる限り。

今はもうそんな重たい竿を抱へて、川岸に立つてゐる人々などはゐない。流れもいつかのやうに湧き立つ昂奮の色を示してゐない。まして連れ立つて泳ぎまはつたり、時々何かを追つてパッと水面におどりあがつたりする魚など、一尾も見つからない。それにも拘らず、三吉一人だけが毎日やつてきて、同じ場所に坐りこんでゐる。日がとつぷり暮れ、すつかり絲端が見えなくなるまで、竿をあげさげしつゞけてゐる。傍を通る人は不思議に思ふ。何がこの人をこんなに夢中にさせてゐるのか？　時には不氣味にさへ思ふ。ひよつとしたら、何かに憑かれてゐるのではないか？　が彼にしてみれば、彼の思考と魚の慾情とのどこかで交るに違ひない一點を信じるのだ。これだけ多くの鈎を彼は持つてゐる。どれか一つ位魚の嗜好に適するのがあるに違ひない。そして曾て鈎についたことのある魚だ。いつか、何かの理由によつて、生理狀態に變化が起こるまいものでない。

彼の思考は次から次へ廻つてキリがないのだ。少し風が立つてきた。かう云ふ場合にはぼかし系統の鈎がよいかも知れぬ。此處が駄目だとしたら、淵頭へ行けばどうであらう。この黑と白とのだんだらの鈎はどうだ。これは恐らく三吉の持つてゐるものの中でとつておきの、その上淵頭向きのものだ。一日二貫目もあげたことがあると、製造元で保證したものだ。この鈎が果して威力を發揮するかどうか？　この鈎にもあたりがないとすると。いや、こんな晴天の、少し風氣のある日には、夕方まで待てば必ず喰氣を生じるに違ひない。日が西山にはいり、ピタリと風が止まり、水面が鏡面のやうに滑らかになれば……。

もう彼は每日を夢見心地で過ごした。のみならずこの熱中さ加減は日と共に益々嵩じる一方であつた。他の人々の場合なら、それは最も漁獲の多い時期に限られ、少くなると共に次第に靜まつて行く。が三吉の場合は、魚の獲れぬことを前提にしてゐた。人々は「喰ふたら喰ふたで、喰はなんだら喰はなんだで」と言つた。が彼の場合は「喰はなんだら喰はなんだで」の連續であつた。そして並々ならぬ努力と忍耐の結果、最初人々の二三百も釣つた時期に二三十しか釣り得なかつた彼が、その後もほゞそれに近い數をあげつゝあるとすれば、彼がそれから遠ざかるキッカケを何處に見出し得よう？

今日は昨日より早く、明日は今日より早くと、彼は通ひつゞけた。且どんなに早く出かけた日も、遲く出かけた日と同樣、早く切りあげることが出來なかつた。それは實に不思議につきつめた、誰にも說明出來ぬ哀しい氣持であつた。仕事の餘暇を見出して釣魚を樂しみ、心身の氣分を新にして又仕事に取りかゝるなどと言ふ境地とはおよそ似ても似つかぬ。

やがてとつぷりとあたりが暗くなり、もはや絲端の見分けがつかなくなると、漉々道具をしまひこむ。手探りで土手へ這ひあがる。精も根も盡きはてた身體を引きずりながら、百姓達の引上げてしまつた田圃道を歸る。一日中張りつめてゐた緊張の後のアッケラカンとした氣持だ。たゞ機械的に足を前後に踏みかはすだけのモヌケノカラだ。

この氣持は家へ歸つてからもつゞく。殊に風呂へはいり、夕食をすますと、疲勞が一層加はつてくる。それは全身の隅隅にまで行きわたる。自分で自分の皮膚を抓つてみても分らぬ。もとより何の考へをもまとめることが出來ぬ。煙管をヤケに叩きつゞけながら、呆然と火鉢の前へ坐りつゞけてゐる。そして目の前には相も變らず一筋の絲がまつすぐにつゞいてゐる。グーッと手元にこたへ、腹を返しながら底をのたうちまはつた揚句、やうやく頭を水面に現したと思つた瞬間、鈎を切つて逃げて行つた大物の幻影を、拂ひのけることが出來ぬ。

「さつきからこの人は同じことばかり言つてゐて」

妻君にきめつけられて、成程と思ふ。あらぬことを考へ、ニタ〳〵北叟笑んだり、三十分おきに一つことをくりかへしたりしてゐるやうな自分を考へ、苦笑せずにはゐられぬ。

たゞもう無性に睡りたい、少しでも早く起きて、明朝又出かけたい、まるで小學生に返つたやうな氣持になつてゐる。時にはそれを實行に移す事もある。待ち構へてゐた夕方は駄目であつたが、朝早くなら必ずよいであらうと、暗い内に起き出し、朝飯をとらずに出て行く。先刻通つた許りの田圃道を傳ひ、先刻踏んだ許りの夜露に濡れて、土手を驅け上る。天氣なら天氣でよいやうに思ひ、雨なら雨でよいやうに思ひ、まるで三百六十五日身體の休まる暇がない。よく身體がつゞくものだと人々は言つた。そして事實は必ずしもつゞいたわけでなかつた。今までいろんなことをやつてきたにしても、大體の中心を書齋の中に置きつゞけてきた長年の三吉の生活であつた。それが今では内外反對の狀態になると――。

彼の肉體の徐々に、部分的に變化しはじめたことに氣づかずにゐられなかつた。例へば、長い間どうしても除れなかつた彼の右手中指の筆だこが消え、そのかはり左手藥指がまつすぐ延びぬやうになつた。無理に延ばすと、ポキンと音を立て、激しい痛みが感じられる。竿を握りつゞけてゐるのが右手で、ここの手はたゞ合間々々にかゝつてきた魚を外し、餌をつけかへるために使はれるばかりだとすると。彼の身體の中で一番激しく緊張し、絶へず掌に汗を握りつゞけてゐるのがこの指に外ならぬとより考へようがなかつた。

彼の左頸部に梅干大のグリ〳〵が出來た。諸方の醫者に見せたが、どうしても分らぬ。よく動くところは水腫に似て居り、軟いところから見ると、脂肪瘤のやうだが、痛覺の伴はぬところがどうも怪しいなどと言つた。氣になつて仕方がないので、最後に近親の醫師にメスを入れて貰ふと、靜脈瘤であることが分つた。醫者は甚だ不思議さうな顏付をした。こんなものは餘程激しい肉體勞働をする人でなければ出來る筈がない。車夫やマラソン選手の脚部に時々見かけることがある。そこで彼は重い竿を上げたり下げたりしつゞけた期間を思ひ出した。一日中流れに沿ひ、竿先を追ひ、首を右から左へ、左から右へ廻轉しつゞけて、止むことを知らぬ。

更に腹痛は遂に彼の持病になつた。冬中吹きすさむ寒風の中に立ちつゞけ、冷え切つた石の上に坐りつゞけたためであらう。二三日おきに腹鳴りや下痢を催した。それをもいゝ加減にほつておくと、梅雨時のある朝、突然の高熱と嘔吐に目を覺まされた。手をやると、右下腹部の一點が針を刺すやうに痛い。明白な蟲狀突起炎の病狀だ。もはや一刻の猶豫もならぬ。すぐ醫者を呼びにやり、診斷を受けた後、病院へ運ばれた。

が手術臺の上で、轉々しながら尙も彼は考へつゞけるのであつた。かう云ふ肉體的苦しみも精神的苦しみと比べるときは、何であらう。それはジタバタしてもはじまらぬ。すつかり人手に任してしまふ外はない。そしてその結果がたとへ失敗するにしても、もはや自分の責任でない。のみならず、何もこれは三吉自身特殊な場合ではない。一般的な瘤であり、腹痛であり、使ひすぎのためであり、不攝生の結果に外ならぬ。一般的な處置に委ね、事務的な取扱ひに任すことが出來る。むしろ考へようによつては、何もかも打忘れ、關心を臍と腰骨とを斜につらねる直線上の一突起に集中したり、ヒヤリとする注射器の先端の感觸に、恥も外聞もなく叫聲をあげたり出來ることは、有難いことでないか？

そして期間が過ぎるとともに、又同じやうな毎日がつゞいた。同じやうに朝早く竿擔いで出て行き、とつぷり暮れてしまふまで歸つて來ぬ。歸つてくると、魂の拔けたやうに呆然としてゐる。阿呆のやうに一つ言葉ばかり繰返してゐる。家內の者が何を言ひかけても耳にはいらぬ。それからさきはグウ〳〵睡り込んでしまふ以外に能がない。たゞ一日の中の、あの定まつた時間を除いては――。

實はこの三吉にも以前から一日の中、一時間か二時間、われにかへる時があるのであつた。しかもそれは他の誰も彼もが睡りこんでゐる眞夜中時に限られてゐた。睡氣を催すと、矢も楯もたまらなくなるかはりに、ある時間數だけ眠ると、必ずポッカリ眼を覺ます癖が彼にある。そして晝間の疲れ方が激しく、熟睡出來れば出來るほど、その時間は早く、ハッキリとやつてくる。以前都會に居て、酒を飮んだ夜など、きつと夜中に目を覺ました。そのときは彼はそれを仕事に利用することが出來、常々俺は酒を飮むと、却つて仕事の能率があがるんだと、友人達に揚言してゐた。しかしそれはどちらにしても、夜ふかしばかりつゞけてゐた、都會の生活に於てであつた。このごろになり、その頃から見ると宵の口の、これからでも夜の世界へとび出して行けさうな時刻から眠りはじめると、もう十二時すぎには、いやでも目を覺まさねばならぬ勘定になる。すると、それからさきの時間をどうするか？　どう云ふ仕事をして過ごすことが出來るか？　いや、そも〳〵三吉のしなければならぬ仕事とは何か？

　事實三吉はたゞに宵の口から眠りはじめたわけでなかつた。そして朝になつたら、又目を覺ますわけでなかつた。朝起きてからの彼の方が一層夢見心地になるとするならば、一日二十四時間の中、たゞこの時間だけ彼は目を覺ますことになる。すると、何事に托さうにも、何人に救ひを求めようにも方法のない時間、この絶對絶命の時間を待ちかねて、三吉の中のもう一人の三吉が頭を擡げる。晝間睡りこまされてゐた三吉が、晝間起きてゐた三吉に向つて、復讐しはじめる。晝間彼のそれから逃げることばかりにかゝつてゐる問題、それを思ひ出すだけでもゾッとする問題、詩作に對する反省を改めて突きつける。再び彼がクタ〳〵に疲れ、いくらかトロ〳〵しはじめる曉方の時間まで放さうとせぬ。

「お前のそのザマは何だ？　なんと云ふ見下げ果てた奴だ。それでもお前は曾ての三吉か？　世の中の最も激しい葛藤の中へ躍り出した、それからの壓力を一身に引受けた。今日ではお前はまるで逃げることばかり考へてゐるではないか？　世の中からの風當りの最も少い所を選んで、まるで世捨人同然の生き方でないか？　それでもお前は恥かしいとは思はぬのか？　尙も生涯この調子で逃げるつもりか？　或ひは逃げきれ得るつもりでゐるのであるか？」

（未完）

路程標（長篇第四回）

赤木健介

第十三信

もはや廢墟に過ぎなくなつてゐる愛情の歴史を、最後まで委曲に辿つてゆくのは、たまらなく苦痛です。このへんで、一瀉千里に、破綻へのコースを書き上げてしまふことにしませう。

葦枝は素直で、コケットリーといふものの殆んどない娘でした。

大柄で、肉體は健康にはち切れるばかりであり、決して美しいとはいへないが、頰も胸も肢體も、若さの彈力に溢れてゐました。その油つ氣のない髪の毛は、新しい穀物の匂ひがしました。

決して知的ではなく、むしろ官能的《センシュアル》といつた方がその本性に近いのですが、二十歳前後の女が大抵さうであるやうに、彼女は知識慾に燃えて居りました。「アンナ・カレーニナ」を數日で讀み上げ、「戰爭と平和」をも僅かの期間で征服した話をきかされると、もう何ケ月もかかつて「ウィルヘルム・マイスターの遍歷時代」をまだ片づけてゐない僕は、忸怩たるものがありました。

育ちがあまりよくない環境に過ごされて、複雜な家庭關係が今なほ續いてゐたにも拘らず、くらいじめじめしたところは少しもありませんでした。微笑よりも、もつと晴れやかな笑ひ。泣くときはめそめそせずに、心のままに涙をこぼす。話振りはてきぱきしてゐるが、半男女的な脈味は無い。本當に女らしい娘でした。

永久に離れ去つたものに對して、時と共に憎惡はやはらぎ、よかつたことだけがしみじみ追想されて來ます。併し、Odeはこれ位にしておくとして、缺點もおよそ一年の間には僕の鼻について來たのでした。

彼女は現在の職業に不滿を持つてゐました。田舍の女學校にしろ、級長も勤めたほどの優秀な成績で卒業したのに、朝は誰よりも早く來て編輯室の掃除をし、男の社員にお茶を出し、終日カードの整理をやらされてゐるといふことが不平なのでした。僕はそれを氣の毒とは思ひながらも、さうした考へ方ではいけないと、時々說いてきかせましたが、彼女は口を尖らすばかりでした。

それから彼女の弱點は、移り氣といふことにありました。何か技術を持たなければいけないといふわけで、タイプライターや速記術を習ひに夜學へ通ひましたが、あくまでそれに食ひさがらうといふ粘り強さがなく、僕との逢瀨が得られないといふことにかこつけて、いつのまにかやめてしまふのでした。

この移り氣が、愛情の上にあらはれて、およそ一年の小さな歴史にピリオドを打つことになつたのです。

早春三月、白井といふ青年が社に入つて來ました。彼は大學の卒業試驗が終つたので、まだ免狀をとらないうちに、手傳ひといふ名目で、三月の初から出勤してゐました。その聲は優しく、その額は白皙でした。ただ、何となく女性的な印象を與へる青年でした。

その頃、彼の席の隣りには、杉山といふ三十近くの女がゐました。いつも洋裝で、瘠せた腕を露はに出してゐました。鋭い感じのする美貌の持主で、肺病だといふ話でした。白井は杉山と直ぐに仲よしになり、晝飯を一緒に食べにゆく後姿を見受けることもありました。

葦枝は、社の女事務員の中では、杉山と一番親しくしてゐたので、杉山を通じての白井の消息は屢々僕の耳に入つて來ました。

「白井さんと杉山さんの樣子見てゐると、全くおかしくなるわ。十一時半になると、二人で眼を交す、――なんていやな仕事だらうといふ風に。それからくつくつ笑つて、また仕事を暫らく續けて、十二時が近くなるとまたお互ひに見交すのよ。そして、知らん顏して別々に出て行つて、どこかで落合ふらしいの。」

「僕等にだつて、さういふ時代があつたぢやないか。」

「でも、向ふは遊戲よ。白井さんには戀人があるんですつて。友達の姉さんとかで、年上なんですつて。それがうまくゆかないもんだから、杉山さんを打ち明け相手にしてゐるらしいのよ。杉山さんに手紙をよこすこともあつて、『貴方は僕にとつてお姉さんのやうに慕はしい人です』なんて書いてあるさうだわ。」

「こみいつた關係だね。」

「杉山さんも面白い人よ。前に海軍の軍人さんと結婚したことがあるんですつて。あの人がからだが弱いもんだから、駄目になつたといふ話よ。昨日私の席へ來て、紙きれをおいていつたの。何て書いてあつたとお思ひになる？『葦ちやん、私は處女ぢやありません。それでも交際して下さいますか』ていふのよ。本當におかしな人ねえ。」

そんな種類の話を屢々きかされました。それを通じて、葦枝と白井が親しくなつてゆくことも推察されました。杉山と三人でお茶を飲んだり、芝居を見に行つたりすることが多くなるやうでした。微かな警戒心が起つて、僕は次のやうに鎌をかけて見たこともあります。

「白井君は、感じのいい青年だね。僕のやうな氣むつかしい老人より、奴さんの方がずつと話しいいだらう。」

「私、あんなにやけた人きらひ。同じ位の年頃の青年なんて、たよりないわ。やつぱり私たちは、年上の男の人を指導者に求めるものなのよ。」

「指導者か。ちよつと寂しいな。」

と僕は苦が笑ひしました。ただ葦枝が嘘を言つてゐるのでないことは、よくわかりました。彼女は誠實でした。――少くともその瞬間には。

併し、相模川のピクニックがあつてからおよそ一年目の五月末に、恒例の遠足が鎌倉・江ノ島を目標に行はれた日、事情は一變しました。歩き疲れた僕たちが宿屋で晝寢をしたり、碁を打つたりしてゐる間に、若い元氣な連中は外へ遊びに行きました。白井と葦枝は、ボートに乘つて島のまはりを漕ぎ廻つたといふ話でした。そのとき、彼等の間にどういふ會話が交されたのか、それは知りません。

次の日、彼女と會つたとき、葦枝は沈んでゐました。その次の日も、その次の日も。――時々、結婚問題が遲延してゐることなどから、二人の間に衝突が起ることはあつたので、僕は大して氣に留めませんでした。併し彼女の態度は日に日に頑なになり、會ふことも避けるやうになつたので、鈍感な僕も疑ひを起さずには居られなくなりました。ただ、白井が介在してゐるとは、殆んど想像しませんでした。

それから程なく、社員で應召した人があつて、送別會を淺草の或る料理屋でやりました。その歸りに、野田や平野などの同僚が、

「もう少し飲んで行かう。」

と、僕を自動車の中へ連れこみました。その中へは、白井や橋本などの若い連中も連れこまれて來ました。皆、相當に醉が廻つてゐました。

行く先は吉原の廓內だつたのですが、平野の行きつけのところで、「清潔な感じのする」酒場といふ觸れこみでした。華やかに明るい娼家の向ひ側にあつて、なるほど佗しいほど素朴な感じのする店でした。新劇團や新響の愛好者だといふ姉妹が、新宿や銀座の女給に比較してずつとおとなしい素人風の姿と態度で、まめまめしく働いてゐました。

我々は、土間の椅子と、片隅にしつらへられた疊の出張りの上に陣取つて、日本酒を飲み出しました。話は彈みましたが、最近の葦枝の解せない態度に氣持が沈んでゐた僕は、皆から離れて、片隅に置いてあつた貧弱なポータブルの前に坐り、剝げちよろけのサックから、レコードを取り出して調べました。すると、妹の方が來て、

「音樂お好き?」

とたづねます。

「うん、君たちよりは、少し澤山音樂を聽いてゐる筈だよ。」

「御商賣は何ですの？」

「音樂批評家さ。」

と出たらめをいふと、彼女は大いに尊敬して、

「まあ、それぢや恥しいわ。私たちのレコード、まるで安物ばかりよ。趣味が低いことをはつきり現はしてゐますもの。」

「いや、さうでもない。『セヴィラの理髮師』や、『ファウストの圓舞曲』だつて、決して低い趣味ぢやないよ。おお、シャルクの『第五』があるぢやないか。これを聽かう。」

といふと、彼女は喜んで、それを掛け始めました。傷だらけの古いレコードで、おまけにポータブルときてゐるので、音量はみじめな位小さなものでしたが、それでもベートーヴェンの熱情は蘇へつてきました。

僕はフランツ・シャルクの指揮したこのレコードについては、或る思ひ出を持つてゐます。六七年前、窮迫時代の僕は無性に音樂が聽きたくて、而も演奏會に行く金は無いものですから、各社の新發賣レコードの無料試聽會があるのを新聞で見つけると、缺かさずに出掛けてゆくことにしてゐました。或る夜、豫定のプログラムが終りさうになつたので、少し心せいてゐた僕は、早く歸るつもりで席を立つて、一番後の方へそつと出てゆきました。その時、番外として、此のレコードを掛ける旨が、司會者から宣言されましたので、歸り仕度の僕は、立つたまま耳を傾けました。そのときのシャルクが、何と甘美に悲しく聽えたことでせう。ウィーン風に肉感的な指揮ぶりは、明日の麵麭を案じてゐた僕に、限りない慰藉を與へてくれたのでした。僕は貧しく、孤獨で、薄汚い浮浪人でありました。

いまもその時のことを思ひ出しながら聽いてゐると、第二樂章アンダンテが殊に心に沁みます。オリーヴ色の明るい客間にゐて、長途の旅に疲れたからだを椅子に凭せて、埃だらけの旅裝を無心に眺めてゐる「歸つた放蕩息子《アンファン・プロディグ》」のやうな

氣がします。孤獨と悲哀は再び僕の支配者です。

そのとき、偶然後の方で語り合つてゐる聲が耳に入りました。あまり酒に強くない白井が、もうよほど參つたと見えて自意識に溷濁を生じて、とりとめもなく喋つてゐました。

「彼女は僕の妻になると約束した。彼女は僕の妻だ。貴方がたも彼女を知つてる筈だ。聰明で健康で、愛くるしくて……。だが、僕は不安なんです。いつか、二人でボートに乘り、僕が思ひを打ち明けたときに、あの人は感動した。自分が貴方から愛されるなんて、夢のやうだと言つた。そんなによろこんでくれたのに、それからの彼女は、いつも考へこんでゐる。暗い顏をしてゐる。どうしたんだらう。僕は何とも言ひようのない疑ひに、毎日惱まされてゐるんです。」

僕はハッとしました。彼が誰のことを言つてゐるか直感されたからです。すべての謎は解けました。僕は全身から、力が拔けてゆくのを感じました。と同時に、何者に對するとも知れぬ眞黑な憎惡が、胸の中に渦卷きました、

併し幸ひにも、――と言つた方がよいでせう――僕も相當に醉つてゐました。意識が痺れ、思念は萎縮してゐました。第三樂章のスケルツォが、嘲笑するやうに鳴りひびきます。僕は白井たちに背を向けたまま、默然として俯向いてゐました。やがて空虛な諦念が、夜の海のやうに僕を包んでゆきました。

壯大なフィナーレに移つた時、僕は靜かに戶を開いて外へ滑り出ました。心配した女が何か言はうとするのを、

「いいんだ、いいんだ。醉つてるんだからほつとけよ。」

と平野は留めてゐるのをぼんやり聽きながら、僕は寂れた往來に出て、終車に近い電車を求めて步いてゆきました。

第十四信

顯微鏡で動物や植物の組織を檢察しようとするとき、プレパラートに對象を定著せしめるまでに、どれだけ多くの處作が行はれねばならないか、御存知ですか。或る科學者から聞いたことですが、もしそれが學術的に意義のある場合ならば少くとも三十回以上の小さな準備處作の過程が連結されねばならないさうです。同じやうに、人間の精神を顯微鏡にかけて分析しようとするならば、複雜な前過程的處作が必要でせう。たとへば、僕自身の精神を何百倍かに擴大して、それを構成してゐる細胞的な要素をすべて明らかにするためには、截斷・染色その他の通常的なコースが行はれねばならないばかりでなく、死んだ有機質をプレパラートに置くのとは違つた、生きた觀念體を組上におくための特別の處作が要求されるでせう。それぱかりでなく、對象が自己である場合には、動もすればまぎれこむ主觀的な夾雜を排除して、科學者が腐爛した肉體の一片を取扱ふときのやうに、純客觀的な・公平無私な態度が、まづ第一に無ければならないでせう。これはまことに困難な事業であります。併し幸か不幸か、科學と藝術の間には、本質的に異つた性格的相違があるのです。僕の精神を、科學的に正確に捉へようと思ふならば、心理學者や社會學者が、或る程度の眞實に近づくことが出來ます。併し藝術家が僕を對象にするときには、同じく眞實を抉らうとして、科學の分析的な方法を無視出來ないにしても、全く別の方法を利用することが出來ます。それは直觀的な方法であり、假構を積み上げてゆく方法であり、形象を創造してゆく方法であります。而もそれは、少しも眞實から遠ざかつてはゐないのです。（尤も藝術的方法が、科學的方法よりも容易だ、といふことは言へません。）もちろん僕は、さうした意味での藝術的能力を殆んど具備してゐないのですが、何とかしてそれを得たいと思つてゐることは事實です。

　葦枝と僕の關係の破綻といふやうな些細な事件を、本質的に描出しようとするためにも、かやうな藝術家の直觀的・創造的な態度が必要であるわけです。が、それは科學者の客觀的・分析的方法を排斥するものではありません。眞實といふ環を通じて、究極的には連結されねばなりません。從つてそれは本當に困難な仕事です。

併し小説を構成するためにだけ、科學的方法と藝術的方法が結合されることが要求されるのではありません。廣く言へば、眞實を追求するために、又我々が生きるために、それが必要とされるのです。このことは、中々大切なんぢやないかと思はれます。

生きる、自己の內部を凝視する、自己が何であるかを理解する、それを全體的に行動化する道を求める、——そのためには、我々は或る場合には、眞實を裏返して照射しなければならないでせう。

僕は自己嗜虐には反對なので、今まで書いて來たところでも、自己を掘り下げるといふ方法を、さういふ意味には採られないやうに努めてきたつもりですが、それが貴方の言ふやうに、多少自分を甘やかす傾向になつてゐはしないかと示唆されれば、それを素直に受け入れる氣持もあります。これは反省しなければならないことです。併し、むしろ僕の心配するのは、自己嗜虐にも陷らず、自己を甘やかすことをも避けようとして、僕をよく御存知の貴方にさへ、僕といふものを何かぼやけた無性格のもののやうに印象づけはしないかといふことです。

それを打消すために、僕は自分がどういふ性格の男であるかをはつきりさせておきませう。

僕は年とともに、經驗とともに、絕えず向上してゆくといふやうな人間でありません。時々足を滑らして、坂路から轉がり落ちると、元の木阿彌になつてゐるのを發見するやうな男です。僕は人から愛されることを求め、人を愛することの方は、それより弱くしか出來ない男です。僕は嫉妬深くて、神經質で、怒りつぽい男です。僕は結局、人間です。

こんなことを言ふと、また自己嗜虐の方へ傾くかも知れませんね。もうよしませう。僕は眞實を求める心だけは失はないでゐる。そのために、分相應に苦しんでゐる。それがどういふことになるか、——生きる日の限り、僕は前方を向いて自己觀察してゐます。

第十五信

白井の告白を聽いた翌日、僕は厭がる葦枝を呼び出して、詰問しました。彼女は何とも答へませんでした。豫想した涙の一滴さへ、その眼に浮びませんでした。敵意に似た冷淡が、表情の全部でした。僕は完全に打ち負かされました。

さうなると敗者はみじめなものです。あつさりと諦めることが出來かねるので、自卑・懇願・憤恚・絶望のあらゆる過程を繰り返します。併し無益です。離れ去つた心を繋ぎとめることは出來ないのですから。

色々とかき口説くのを、じれつたさうに聽いてゐた葦枝は、最後に止めを刺すやうに言ひました。

「私、貴方に濟まないと思ひます。ですから、明日から社をやめます。もうお目にかからないことにするわ。」

何といふことでせう。それが彼女の申譯だつたのです。聽いたとき、僕は二の句がつげませんでした。若い二人が、僕の見えないところで、どんな幸福な生活をするか、それがまざまざと眼に浮んで來ました。もう永久に失はれた者に對する、特に官能的・肉體的な追想《ナハ・テンケン》が、とめどもなく湧き起つて來るのでした。

その言葉通り、翌日から葦枝の姿が僕の眼界から消えました。間もなく、或る時局産業の會社に、うちの社よりはずつといい條件で入つたといふ噂をききました。痴愚の僕は、その會社の退け刻に近くまで出かけて行つて、彼女を待ち伏せしたこともありました。別にどうしようといふつもりでもなかつたのですが……。電柱に身を凭せながら、二十分位立つてゐましたが、結局會へませんでした。六月の曇天のやうな心理でした。

その晩だつたのかも知れません。或はそれに續く夜だつたのかも知れません。（まだ半年と經つてゐないのに、もうそれが思ひ出せない程、遠い彼方に去つてゐます。〕 僕は戀人を失つた憂悶を痲痺させようとして、誰でもやる常套的なコースですが、次から次へと酒を飲んで歩きました。時刻は八時過ぎでしたが、ふと思ひ出したのは、葦枝の親友小寺和子のことでした。和子は、或る辯護士の事務所に勤めてゐて、夕方主人が歸ると、小さいビル内の二部屋つづきになつてゐるその事務所を、我が物顏に利用し、友達を集めて、素人演劇の練習などをやつてゐるのです。電話をかけると、折よくまだその事務所にゐました。

「僕、宇野です。行つてもよいですか?」

「いま研究會をしてゐるところなのよ。でも、いらつしやつてかまひません。」

「ぢやあ、お邪魔しますよ。」

「どうぞ、大分醉つてらつしやるのね。フフフフ。」

笑ひ聲は受話器の底に消えました。僕は自分のだらしなさを自責しながら、デーモンに憑かれたやうに、事務所の方へ足を向けるのでした。別に、葦枝の消息をきくためではないんだ——と、自己辯解しながら。

ビルの二階には、煌々と灯が點つてゐました。上つてゆくと、奥の部屋では和子が同年輩の若い連中に取り卷かれて、戯曲の讀合せをやつてゐるやうでした。それを横眼で見ながら、日中には辯護士が事務を執つてゐる部屋へ入りこみ、ぐつたりとなつて、頬杖をついてゐました。僕の來たことを知つてゐる和子は、別に挨拶に出て來もしませんでした。長い時間が經過しました。その間、僕は殆んど何も考へてゐませんでした。さういふ瞬間、時間は無量の重みをもつて動いてゆくものです。隣室との間の扉は開け放されてゐましたが、そこから流れてくる若々しい笑ひ聲も、僕には遠い世界の實體のない反響のやうに思はれました。

眼を上げると、机の上には色々な帳簿や書類が並べてあります。死んだ紙片、卑俗な現實界の雜多な事件、法律を楯にして爭はれるもろもろの利害、――さうは思ひながらも、打ちひしがれた心には戰つてゐるその意力が、妙に壓迫的な・力强いもののやうに感ぜられます。

（併し、愛惰の喪失が、何か弱々しいものであるのだらうか。それは現實の激しい葛藤と比較にならない小事件なのか知ら。さうでもあるまい。）

そんな反省で自分を慰撫しながら、僕はそこにあつた擦り切れたやうなペンを取り上げて、紙片になぐり書きを始めました。

或る日天空《てんくう》は湖面の青さに擴《ひろ》がり
漣《さゞなみ》は思想を載せて
あるかないかの皺を織り出した
大地の樹木はすべて黄葉に燃え
遠山は碧層々として限りなかつた

ここまで書いて來て、なぜこんな客觀化に陷つたのだらうと怪しみながら、なほも書きつづけようとしてゐると、隣室では漸く練習が終つたと見えて、みな起ち上り、賑やかな挨拶をかはしながら、ぞろぞろと出てゆくのでした。みんなが出てゆくので、僕もその後から、ふらつく足を踏み締めて、階段を降りました。

和子の姿は見えません。そのまま、みんなと反對の方向に歩き出すと、部屋の電燈を消して、鍵をかけて來たらしい彼女が、少し息をはづませながら追ひつきました。何か言ふかと思つたが、默つてゐます。僕も默つて歩きます。すると彼女は、一二歩遲れてついて來ます。まるで母親が、亂暴で手のつけられない息子のあとを、心配しながら追ふやうに。どこまでも、どこまでも……。

信州の山へ行つて、やる方ない氣持を、ひとまづ淸掃して來たのは、それから二ケ月ばかり後のことであります。

第十六信

冬の訪れを豫告する冷たさが、二三日續いてゐます。退け刻《どき》五時に社を出ると、まだ暮れ切つてはしまはない日が、或る種の悲しみを含んで、晝でしか表はせない獨特の青と黄のまざり合つた色調で空を染めてゐます。窓々には暖い黄いろの燈火が、そこで生活し働いてゐる人々の多樣な感情を想像させます。僕はその美しさを再發見して、言ひようのない悲しさと嬉しさとに感動したのです。

今夜は、とくべつに燈火が美しく見える、——これはどうしたわけなのか、と僕は自分を反省して見ました。主觀的な印象ではない、いつも此の通りに違ひないんだと思ひながらも、不思議なその美しさは、今日といふ日が僕にとつて重要な意義を持つたことを、考へずには居られないのでした。灰色の堆積、無思想の氾濫、騷々しい雜音の巷、——さうしたあれやこれやのうちに、一日が過ぎたことに疑ひはありません。併し、さうしたおきまりの Routine の中に、これほどにも黄昏の燈火を懷しく思はせる何かの動機《モチーフ》があつたのでせうか。

僕は色々と考へました。そしてまづ、今日爆發した編輯長の大里との、長い間にわたる確執のことを考へました。僕が大里に對して特別の悪感情を持つてゐないことは、前にも書いたことがあつたと思ひます。併し大里の方では、心弱い善良な性格にも拘らず、僕の存在が「眼の上のたん瘤」のやうなものだつたらしいのです。

今日の夕方、彼は僕を呼び出しました。そのときの彼の硬ばつた表情からして、僕には彼の言ひさうなことが相像されました。一ケ月來、――僕も悪かつたかも知れませんが、二人は仕事以外には殆ど口をきいたことがないのでした。朝、彼が部屋に入つて來ても、僕は他の人に對してやる「お早やう」といふ挨拶さへしませんでした。僕は彼に對して、大人氣ないことですが、憤つてゐました。といふのは、彼が僕の仕事振りについて、他の同僚に悪口を言つてゐることが、すでに耳に入つてゐたからです。朝、社へ來るのが遲い、仕事ぶりにむらがある、社の仕事に專心ではなくて時には勤務時間中に內職に屬する仕事をやつてゐる、等々でした。正にその通りです。併しさういふことを蔭で言はれ、色々尾鰭がついて反響して來ると、心平かでないのは凡人の常ではないでせうか。僕は大した才能の持主でもないが、それを嫉惡するやうな態度が仄見えるので、時々はむらむらと反撥心が起ります。若さの致すせいかも知れませんが、それを超越してゐることも出來ないのです。同じ職場に働いてゐるからには、和協一致して行くのが當然でせうが、人間の關係といふものは、なかなか微妙なもので、性格が違ふ以上、そこに相剋が起るのは、往々避けられないものです。彼も日本人だし、僕も日本人だ。非常時なんだから、お互ひに忍び合つてゆくのが本當だとは思ひながらも、根本的に氣質の合はない者同志の間には、どうしようもない溝が掘られるものです。僕と編輯長の性格が、そんなに異質的《ヘテロ》なものとは思ひませんが、それがうまくゆかないといふのは、或は宿命的なものかも知れません。とにかく僕は、どうも弱氣といふよりは强氣の方ですし、まだ人間修業に熟してゐないものですから、壓力が加はつて來ると、それに反撥する氣分が起るのです。この心境はなかなかその上に出られません。情けないことであります。

自分の硬化した表情を意識しながら、應接室に入り、ソファに腰を下ろすと、大里はもじもじして、暫らく言ひ出しませんでした。煙草を吸はない彼に當てつけるかのやうに、僕はバットをぷかぷか喫しながら、

「御用事は何です？」

と、鹿爪らしく切り出して見ました。

「實はその……。貴方は最近、僕にさつぱり口をききませんね。それが、どうした理由から來てゐるのか、――僕にはわからないもんだから。」

「その通りですが、僕には理由がないわけぢやないんだ。貴方が僕の仕事ぶりについて、他の人に色々なことを言つてゐるといふことを聞いたもんで、人間修業がまだ出來てゐない僕としては、あさましい話ですが、心平かならざるを得ないのも當然でせう。」

「誰がどんなことを言ひました？　僕は何も言つた覺えはありませんよ。そりやあ、君の誤解ぢやないですか？」

「いや、さう言はれると、僕には誰がかう言つたといふことは言へませんが……。」

「ぢやあ、貴方は有力な證據もないのに、道聽塗說を信じて、僕が貴方を陥れようとしてゐるといふ風にでも考へたのですか。御承知かも知れないが、社には僕に反感を持つてゐる連中が少からずある。その手合が、何を言ふかは僕にもわかつてゐる。」

少しせきこんで彼が言ふことには、或る程度の眞實味があり、何か哀感を含んだ調子が感ぜられたので、何とか言つてやらうと思ひながら、僕にも直ぐには言葉の繼穗が出ませんでした。彼の瘠せこけた頰、額に刻まれた三本の皺、――見慣れたその風貌が、うそ寒く感ぜられました。

何か言ふのを暫らく待つてゐた彼は、僕が默つてゐるものだから、切り出しました。

「併し、僕が貴方に對して不滿を持つてゐることは事實だ。僕がそれを他の人に言つたかどうかは別問題として、實際は困つてゐるんです。我々が一つの社に勤務してゐる以上、全體といふことを常に考へなければならんし、編輯部といふ一つの組織單位をとつて考へれば、そこにも統制といふことが當然無ければならん。これは止むを得ないことぢや無いでせうか。」

「僕が統制を亂してゐるとでも言ふんですか。僕はさう思ひませんがね。なるほど僕は貴方のやうに勤勉ぢやない。」

「いやいや。」

と遮るやうに彼は手を振りました。

「そんなことを言つてるんぢやない。併し、友達が訪ねて來たからといつて、しよつ中そとへ出てゆくのは貴方ばかりです。社の時間中に、他の雜誌への原稿など書いてゐるのは貴方ばかりだ。」

「それぢやあ、他の人に僕のことを惡く言はなかつたといふ貴方の言葉は信ぜられなくなりますね。僕は同じやうなことを、貴方が他の人に言つてゐるといふことを聞いたんですから。――それはどうでもいいが、僕は一人前の仕事はしてゐるつもりです。それでも駄目だと言はれるなら、よろしい、僕は社をやめませう。」

「いやいや。」

と、可なり狼狽して彼は遮りました。

「僕が貴方を呼び出したのは、そんなつもりぢやなかつた。ただ、もう少し意志を疏通したいと思つただけなんだから……。貴方を怒らすつもりぢやなかつた。ただ我々の間の溝を取り除きたいと思つただけなんだ。」

「編輯長、貴方の言ふことはよくわかります。僕は隨分、貴方の氣にさはるやうなことをしてゐます。併しそれは、意識的にやつてゐるわけぢやないんです。貴方の忠告は、有難く思ふが……。」

「それが判つてくれれば、僕も言ふことはないんですよ。」

「併しですね。かういふことは考慮して下さい。僕は自分で言ふのもおかしいが、不眞面目に毎日を生きてるつもりは無いんです。社の仕事には興味を持つてゐるし、情熱なしにそれを機械的にやつてゐるのではない。併しそれ以外の僕の仕事や生活も含めて、全體としての自分の生活や仕事があると思つてゐる。僕が社の仕事について、責任を果さなかつたといふことがありましたか？　僕はそれを心から愛してゐる。だが、その外にも僕の仕事と生活がある。それを認めてくれとは言ひません。併し大きな意味では、さういふ廣い生活を持つことが、人間として正しい生き方だと思ふし、國家のためにもその方が意義があると思つてゐる。貴方だつて有能な士だ。我が社のために、一生を捧げようと思つて、勤務されてゐるのだとは考へられません。僕たちはもつと廣い世界を、いつも念頭において生きねばならないのぢやないですか。――いや、お氣にさはつたら、ゆるして下さい。」


　そのあとでも、色々と會話が交されたのですが、それは略させて頂きます。とにかく、かうしたクリチカルな會談といふものは、お互ひに完全な諒解に到達して、二つの心がひとつに融け合ふといふところまで行くものではありません。併し僕は、言ひたいことは大抵言へたので、すがすがしい氣持になりました。そして終りには、編輯長を些か愛するやうな氣持になつた位でした。

（この人は、根は至つて善良なんだが、氣が小さいのだ。）

さういふ評價を彼が知つたら、また怒つたでせう。併しとにかく、僕の尖つた態度が終りには融和的になつたので、彼も喜んだやうでした。我々は、他の同僚には氣づかれぬやうに、平靜な表情で席へ戻りました。

もうひとつ、今日、うれしいことがありました。何だとお思ひになります？　部屋へ歸つて間もなく、小寺和子から電話がかかつて來ました。これは珍らしいことです。もし葦枝がこの社に勤めてゐたなら、うるさいほど毎日のやうに電話をかけて來たでせう。ところが和子は、「表情《エクスプレッション》」に乏しい、或る意味では自尊心でもつて自分の感情を抑へつけてしまふやうな女です。僕が電話をかけると喜ぶくせに、自分の方から僕にかけるといふことはしないのです。だから、僕が電話をかけるなり、或は會はうとでも言はなければ、そのままになつてしまひ、永久に會ふこともないやうな性格の持主です。

電話の内容はつまらぬことでした。

「昨夜まで雨が續いたでせう。江東は水が出て大へんなのよ。私たち、みんな膝までまくり上げて、水をじやぶじやぶ歩いてゐますわ。それで事務所も休んでしまひました。今晩貴方とお會ひする約束があつたけど、そんな譯で行けません。」

「明日は？」

「明日は行きます。ぢや、さよなら。」

それだけでした。和子と僕とは、現在何でもありません。ただ、いつかの晩以來、何か親近な間柄になつて、彼女は僕を「慰める」ために、一週に一度位は「會つて上げよう」といふことになつたのです。それは僕にとつて、確かに慰めです。會ふと彼女は、葦枝のことや、僕と和子との間がどんな性質のものであるかについては一切觸れません。彼女の日々の生活に起つた出來事や、僕の會つたこともない彼女の周圍の人々について、蟠りのない話を聞かされます。それだけで別れてしまふのが常です。

當てにしてゐた今夜の約束が外れたことは、打擊ではありませんでした。彼女から電話がかかつて來たことの方が、もつとうれしい出來事でした。

僕は、美しい初冬の燈火を、感動しながら眺めました。

「家へ歸つて、本でも讀むか。」

我知らず口に出して言ひながら、僕は群集の中をゆつくりと歩いて行きました。

（生活には、常に幸福がある。滿ち溢れて溢《こぼ》れる水がある。時代の重壓の中にも、感情は花ひらく。生きる日のかぎり、僕たちには生活がある。）

そんなことを考へながら……。

（以下次號）

眞田幸村と七人の影武者

（戯曲）――三幕八景

中野秀人

第三幕

第一景

城の桝形（一ノ門と二ノ門との間）を、後景に置き、前面に開かれた第一の城門、門前の左右は土手。前舞臺は、左右とも通路。桝形の奥、右側に第二の城門があり、開かれてゐる感じ。――幕があがると、出陣する部隊の最後の一隊が、門を通過し終るところ、門衛の兵士一名が、城門の扉に倚りかゝる。

門衛（淺見傳內）（左右に忙がしく歩き始め、獨白）半月の馬印は、後藤又兵衞か。六文錢に唐人笠、なかなか忙しい事だ。

めまぐるしいと、勝に乘つてゐるやうだが、さて引潮になると……これぢや、小屋掛の見世物と同じことじやないか？自分で醉拂つて、自分の命を張るんじや、餘り陽氣じやない……これで飯にありつけるといふのも不思議だが、みんなが落城を待つ氣持になるのも無理はない……

弟の爲三　（鐵砲組の者一人を從へ、旅の僧に變裝し、桝形の奥から現れる）何をぶつぶつ言つてゐるのだ？　何が落城だ？

門衞　おや、お前達は？　僧形だな？　まさかこの俺を、瞞す積りじやなからうが、こゝは大手門だぞ、落ちるのなら不淨口に廻つて呉れ！

弟の爲三　誰が落ちるものか、いまから早手廻しに、先駈け出陣だ、俺を見忘れたか？　俺は、入道爲三だ。

門衞　……あつ、さうだ。これは、失禮しました。まつたく、どうも思ひがけないので……流石は本職ですね、どうぞお通り下さい。

弟の爲三　通るも、通らぬもあるものか、本職に見えれば結構だが、後から二三名、樣々な扮裝で通過するから、その積りでゐて呉れ。

門衞　さうですか？　よほど變つた趣向と見えますな……もつとも、かう殺伐なことでもちきつてゐるときには、少しでもちがつた趣向の方が望ましいですよ、それに、同じ見物するにしても、斬つたり、張つたりだけでは……

弟の爲三　まるで、見世物のやうなことを言つてゐる……歳はとつても、死場所だけは心得てゐる。（後を振返り）これで、この城も見收めか、や、まだ後から、大分軍兵が集つてきたな、これが後陣に繰り出すのか？……すると……（城の桝形を取卷く塀や土手の上から、白地に六文錢の大旗小旗が澤山現れる。そのなかに五色の吹貫、無紋の赤旗などを交へる）これがおしまひになるとは考へられんが、さりとて、俺達の、華々しい、奇想天外な出場《てば》がなくなるとも考へられぬ……

門衛　もし、やはり、城が落ちるのですか?

弟の爲三　誰が城が落ちると言つた?　ことによつたら……

門衛　もしかして、この前のやうに和睦になるのではないでせうか?……さうすれば、敵も味方も喜ぶでせうに、なんと言つても、みんなの神經が尖りきつてしまつてゐますよ、內輪で角突き合はせるのは堪りませんからね、だから落仕度にかゝつたり、死場所を探したり……どうしても、始めからやり直さないと……

弟の爲三　そんな、味方に弱味をつけるやうなことを言ふもんじやない……だから、俺だつて、この場を去りかねてゐるのだ、だが、もう、これ以上は延ばせんからなあ、俺は出來るだけ後に殘つてみたのだが、やるだけのことはやつてきた……まつたく、こゝで、戰爭そのものの結着は付く筈なのだが……(依然として旗指物の方角に眼をくばつてゐる)

鐵砲組の者　ねえ、急ぎませう……さもないと、お兄さんの淸海入道殿が、痺を切らして待つてゐられますよ。

弟の爲三　うん、わかつてゐる……(門衛に)　何事も時間には打勝てんのだ、問題は、それなんだ、もしも永遠といふやうなものが、わがものとなるなら、人はもつと、立派な働きをするだらう、人は人を恨むやうなことはないだらう……

門衛　その後悔といふやつが、一番いけませんねえ、わたしなんぞは、これで後悔はしちやゐません……たとへ、どうならうとも……やつぱり岡眼なりに、最屓にしてゐるんですよ。利益の分配で喧嘩をするうちは、威勢がいゝのですが、これが、取らぬ狸の皮算用を、裏切られて、お互に絡み合ふのは、まつたく情けないので……

鐵砲組の者　お先眞暗かね、そんなときに、どんと一發ぶつ放してみるんだ、よく當る。

門衛　なるほど、さうしたもんかなあ、もつとも、的は木偶同樣だから、よく當るだらう。死ぬ率が多くなる……でも自分はどうなるんだね?

鐵砲組の者　自分か？　自分のことなんぞ始めから問題じやないんだ……ただ、撃てばいゝんだ、いはば機械のやうなもので、機械と一緒にどんどん撃てばいゝのだ。

門衛　そこのところが、俺には、よく判らないんだが、自分だつて、何かの法則に從つて生きてゐるのだらう？　自分だつて、誰かのものだらう？　こゝには、確かに二つの流れがあるよ、死んでゐる組と、生きてゐる組とな、どつちかがどつちかを見物してゐるんだ、そして、自分の身體だつて、二つに引裂かれてしまふ、左と右とにな……だが、こいつは永續きはしないぞ、やがて門が閉つてしまふ、何もかも閉つてしまふ、後には、城が、櫓が、動かないものだけが殘るのだ。

鐵砲組の者　じやあ、お前はどつちの組だ？

門衛　俺か？　さう言はれると困るんだが、俺には、別に組だなどといふものはないよ、俺は、ただ、俺の持場を守つてゐりやいゝんだ、幕があがれば、門を開ける、幕が降りれば、門を閉める……だが、自分だけは、ちやんと持つてゐる積りだ。俺が氣になるのは、みんなが、どうかしてるんじやないか、といふことなんだ、これは息苦しいよ、切端つまつてゐるよ。

鐵砲組の者　城が落ちるからさ、それに、誰にしたつて未練はあるだらう。

門衛　やつぱり、さうなんだね、それじや、ほかに手がありさうなものだが、なにも無理をして、こゝばかりに……

鐵砲組の者　もう遲いよ。

門衛　さうかな、じやあ、敵方は？

鐵砲組の者　敵か？　敵は、いつまでも、永遠に、絶對に敵だよ。

門衛　敵方は、何を怖れてゐるのだね？　眞田幸村を怖れてゐるのかね？

鐵砲組の者　對立を、進歩を、火藥を、張抜筒を、命がけを、鑄型に嵌めることの出來ない人間を怖れてゐるんだ！

門衛　それじや、敵方も、やつぱり負けじやないのかね？　もしこれ以上……

鐵砲組の者　さうよ、これで仕留める（背負つた笈のなかの短銃を示す）

門衛　おゝ、それでは、これが（相手を見守り）だが、それ一つでは……？

鐵砲組の者　組立てられたものは、要を撃つに限る。

門衛　なるほど、自殺か他殺、やつぱり他殺の方がいいなあ……でも、城が落ちれば、戰爭は終りになる、それから、別な戰爭がはじまる、さうだ、趣向が變らなくつちや、同じことじや、まつたく、やり切れんからなあ……でも、もしも助からんものとすれば？　ふん、これは面白いやうな、面白くないやうな（忙しく自問自答の體で左右に動き廻る）

枡形の奥から、人足風の男二人が、棺桶を舁いで出てくる。

弟の爲三　（我に返り）あゝ、もうやつてくる。それでは、吾々も出かけるとしよう……これで、大阪城にもお別れか、だが、まだ負けちやゐないぞ、負けても濟むことと、負けられないことがある……これが入身《いりみ》の術といふものだ、も一ぺん若返つて、甲羅を落す……（人足風の男に近づき）どうだ？　重いか？

人足風の男　（槍を仕込んだ息杖を地面に突いて）なに、たいしたことはありません。

門衛　これは、どうだ、まさか坊主の婿入りでもあるまいが……一體、そのなかに何が、はいつてゐるのです？

人足風の男　これか？　死骸さ、死骸は死骸でも、火藥の上に乘つかつた死骸だから、一寸、運ぶに面倒だ。

門衛　へえーつ、そいつはまた、びつくりさせられますねえ、こちとらにや、見當も付かないが、それではみんな……？

人足風の男　火藥の上に寢てゐるんじや、あんまり宜い氣持はしないな、それに……

鐵砲組の者　（人足風の男に）　俺達が、先に立つて歩くから、お前達は、後から、見えがくれについて來い。

弟の爲三　ふん、狂言は、やつぱり狂言らしくやらんといかん、これで敵の陣中を突切つて行くんだからな、それでは出かけよう。

弟の爲三と鐵砲組の者、一ノ門を通過し、左手に曲る。棺桶の内側から蓋を叩く音がする。

人足風の男　（蓋を叩き返し）　何だ？

棺桶のなかの聲　停るときには、停るやうに合圖をして吳れよ。

人足風の男　まだ、まだまだだ、いま一ノ門を通過するところだ。

棺桶のなかの聲　まだ、やつとか？

人足風の男　うん、いま動き出すところだ。辛いのは判つてゐるがね、辛棒賴むぞ、俺達も命がけだ。

棺桶のなかの聲　…………………

門衞　え？　死骸が、口を利いたぞ！　これは、影武者以上だ……かうなると、やつぱり、その先を知らずには……

人足風の男　頭の中でひねつたんじや、見當もつくまい。

門衞　そんなことを言つたつて、知り度いのは……

人足風の男　謀事は密なるを要すでな、さうやたらにお前達には饒舌れんよ……（も一人の男に）　おい、相棒、それでは、俺達も、ぼつぼつ出かけよう。

門衞　（二人を引留めるやうに）　夢にしちや、吉夢かも知れんが、これじや、みんなが寄りつかなくなつてゆくばかりじやないかな、この前だつて、いまにも家康を打取るやうな勢ひで、七人の影武者が、出たりなんかしたが……この門を出て、歸つて來ない人達のことを考へると、愚痴のやうだが……

人足風の男　七轉び八起きさ、こんど起きたときには、御輿を擔いで迎へに來るからな、それまで、お前達は、せいぜいお役を大事にして待つてゐるんだ！

人足風の男二人、棺桶を擔いで、見えなくなつた先發者の後を追ふ。門衛左右に急がしく動き廻る。

門衛　（獨白）……こゝに、生きたまゝ、棺桶にはいつてゐる人間がゐる、どんな謀事だか、俺には見當もつかないが、これが、圖に當るものとするなら、まつたく奇妙な恰好だらう、これは話の種にはなつても、眼に見せるものじやない、あゝ、行つてしまつたぞ……（數歩後を追ひ、立停る）出陣、出陣、出陣、また、戰爭が始まる……城が落ちないとすれば、俺は、永遠に門衛、いつまでも、いつまでも、いつまでも、門の內と外との繰りかへし、劍の峯だの、棺桶……これは智慧がなさ過ぎる、あんまり氣狂ひじみてゐる、これは、誰かに締括りをつけて貰はねばならんのだ、誰かが誰かと話をつけてしまはねばならんのだ、これは、自分の力で、どうすることの出來るものじやない。

門衛、左右に激しく動き廻る。桝形をとり卷いて覗いてゐる大旗小旗が、渦の流れを成して、後陣の威容を示す。門衛數名、門の蔭から現れ、門を閉める。

門衛　（閉め出された自分の位置に氣付かず、中央に立つたまゝ）このまゝ、押し出される、このまゝ、何處かへ、押し流されてしまふ。まるで……ところてんのやうに、後から押し出す……しまひには、自分も……人も……みんな……

第　二　景

點在する農家を貫いて、舞臺を横切る往還。道に沿つて、百姓數人が、葦、雜草などを刈り取つて、束を作つてゐる。後景には、葦に包まれた小川の流れてゐる感じ。柳、榛木などの樹立疎ら。二宮太左衞門が百姓の間に立つて指揮をしてゐる。

太左衞門 (百姓達に向つて)今日は、目出度い日だからな、なによりも、さうした氣持で、お迎へしなければならんのだ、村の衆にしても、醜い姿をして、出遣入りせんやうによく注意をして貰はんと……われわれ道路の警固を仰せつかつてゐるものの手落になるからな。

百姓の一 (仕事の手を休め)はあ、それはもうようく言つて聞かせてありますだから……ところで、藁束は、かういふ工合に竝べたら宜いかね?

太左衞門 さうだ、そんな工合だ、も少し間を置いて、それでよし……飛脚の知らせによると、今日の申の刻までには、先頭が牧方村に差しかゝることになつてゐる……もし、われわれの手配りがよく、こゝいら邊で、將軍樣が御休息にでもならうといふものなら、大した手柄だ、名譽ばかりじやない、御褒美だつて出るかも知れん。

百姓の一 わつし等の方は、すつかり用意が出來てゐますよ、後は、峠のところに、竹で柵を結へば、それでいゝのでせう……なにしろ、こゝいら邊で、將軍樣が御休息になれば、たいしたものですね、そのうへ、御夕食といふやうなことにでもなれば、御墨附だとか、拜領の品だとか、地租御免だとか、まだいろいろ……

百姓の二 (地ならしの鍬の柄を握つて、近より)馬鹿! お前慾張つとるぞ、それよりもお咎めを蒙らない用心をしなきや駄目だあ、第一お前んところの黍の畑だつて、あの角んところを切らにや、御通行の邪魔になるちゆうに……あれや、本當は……

百姓の一 お前は何ぞといふと……

太左衛門　これ、これ、道路の道拵へは、出來てしまつたから、もう、あれで宜い……それに、將軍樣は、お二方とも、御仁慈の君だから、作物のよく出來てゐるのはお喜びになる……そんなことよりは、お祭氣分を充分に出して貰ひ度いんだ、いはば、嚴かな、御靈驗のある、神樣にお捧げするやうなお祭りだ。

百姓の二　すると、何ですねえ、內祝ひといふやうな意味で、充分にお喜び申上げれば宜いだね、これで天下が治まれば後々は、大つぴらに、われわれの言ひ分も聞いて貰へるといふやうな譯で……いままでのやうに、やれ徵發だ、やれ割符だ、やれ轉業だ、といふやうなことはなくなるんでせうねえ。

太左衛門　まあ、たとへてみれば、死人の家に福の神が舞ひ込んだやうなものだ、大つぴらに祝つちや、相濟まんわけだが、こつちの氣持だけは、先樣に通じて置かんと、大事な幸福をとり逃してしまふ……だから多少の物入りなんか惜しんでゐちやならんのだ、まだ、誰も、天下泰平といふものが、どんなものになるか判つちやゐないらしい、そこんところを、この村で、一寸皮切をやつて置く……俺だつて、謀事の一つや二つは知つてゐるぞ。

百姓の一　そりや、さうだ、お前さんが、大事なときに、歸つてきて、智慧を授けて呉れたんで、大助かりさ、これにや地頭だつて敵はないぞ……それに、お前さんは、武家の作法は知つてゐるし、昔通り、何から何まで御指圖通りになりますよ……こちとらにや宜い御時世になつてきたもんだ、大阪城が落ちたとなりや、あの眞田とやらいふ大將も、とうとう敵はなくなつたと見えるね。

百姓の二　なにしろ、太閤樣の造つたお城だといふからな、あれを燒いたとすりや隨分勿體ないことをしたものだ、それに人死だつてえらいもんだ……だが、大阪最屓の武士だつて、根こぎゐなくなつたわけじやなからうが……だから、御道中の警固だつて、かうして嚴重なわけだな。

太左衞門　なあに、落人同樣の、大阪方が藻搔いたつてどうなるものか……それに、戰爭には、もう、みんな飽き飽きだらう、下手に、そこいらを麻胡ついてゐると縛首に會ふだけよ。まあ、俺一人でも間に會ふやうなものだが、少し腕の利く奴を集めて置いた……お前達は、こゝが濟んだら峠の方に行つて呉れ、それから御通行を拜むときには、女子供でも構やしないがな、みんな一張羅を着せて出してやれ、その方が宜いぞ……それでは、俺は、も少し言ひ附けて置くことがあるから、向ふに行つてゐる、お祭氣分、だが靜肅に、判つたな……

馬方、百姓馬に赤い手綱をつけて、威勢よく登場。

馬方　（太左衞門に）旦那！　また、一頭見つけて來ましただ、こいつ、見てくれは惡いだがね、なあに、よく突走りますだ……後脚をびつこを引くんでね、殿樣方の乘物にやならないが……

太左衞門　さうか、そいつは、御苦勞だつたなあ、どれ、乘つてみよう。（近づき、手綱をとる）

馬方　旦那、口が堅いから、走り出すと、手綱じや、なかなかとまりませんよ、それに、右の眼が見えないらしいんで……しかし、走る段になりや、見當こそつかないが……

太左衞門　（馬の首を叩き）たいした、逸物らしい……（ひらりと飛び乘る）どうだね？

馬方　へえ、旦那あ相當乘れますね？

太左衞門　馬鹿言へ、これじや、馬だか牛だか判つたものじやない。（脚を締めて、馬を操縦する。百姓達に向つて）それじやお前達は、峠の方の手傳ひに廻つて呉れ！

百姓の一　（殆ど同時に）　すぐに行きますだ……

百姓の二　後のことは、大丈夫、間違ひなくやりますよう。

太左衛門、馬を走らせて去る。馬方、後を見守り、その方角に駈け出す。

百姓の一　お祭り氣分で、眞面目くさつてゐろつちゆなあ、一寸難しい注文だなあ。

百姓の二　まあ、將軍樣のお通りになる間だけさ……その代りに、晩には、みんなで骨休めに一杯やらうじやないか、盆と正月と一緒に來た積りでな。

百姓の三　みんなの話では、先にお手當が出てゐるつて話じやねえか、え、やつぱり筋が通つてゐるだけに、話がよく判らあ……

百姓の四　さう、さう、割勘で飮むんじやねえ、こりや御馳走になるんだ、さうなると、お手當の工合を知つて置かないと、かへつて失禮……

百姓の一　おい、おい、お前達は、氣が早いぞ、それどころじやない、もし將軍樣が、こゝにでもお泊りになることになつてみろ、こちとらは天手古舞の忙しさだ、

百姓達が、道路の上に集つたところで、數名の土民兵が現れ、高い樹や、屋根の上などに、竿に附けた赤い旗を絞つたまゝ括りつける。百姓達は、不思議さうに、それを眺める。土民兵の一人が、その赤い旗を、道路側の高い樹の梢にもしばりつける。

百姓の二　（土民兵に）もし、もし、それは、一體、何の爲に、まさか、いま時分鳥を追拂ふためにでもありますまいが……

土民兵（前景の鐵砲組の者）　これか？　これは、後で、お前達も手傳つて貰はねばならんのだが、いはば、お祝ひの旗だ……下々のお迎への旗は、紅白無紋に限つてある、それも絞つたまゝでなくちやならんのだ、さもないとお手向ひすることになる……そこで、これは、御通行のときに、さつと開くやうになつてゐる、ほら、こゝに紐が付いてゐる、これをこの通り、樹の幹に縛り付けて置くからな、これがその作法といふものだ、この紐を引張ると、旗が開くやうになつ

てゐる。

百姓の二　は、はあ、なるほど、なかなか難しいもんだあねえ……で、私どもが引張るんですか？

土民兵　さうだ、後で、どうせ手配りをするが、なにしろ手が足りないし、俺達は、俺達で警固の方に廻らねばならんからな……土下座をしながら、こつちの合圖がとどいたら、それを引張るんだ。

百姓の一　なあに、そんなことなら雑作ないだ、それに、子供達にやらせたつて間に合ふことだし、遠いところのは、（空を見廻しながら）綱で繋いであるんだね、ははあ、これが一時にさつと開いたなら、見事なもんでせう。

土民兵　うん、まあ、十四五人もゐて、紐を引けば、それで濟むことだ……だが、俺達の準備は、まだその位のことじやない、花火も揚げる。火藥の用意は充分にあるからな。

百姓の一　へえ、鎭守のお祭りにだつて、お盆にだつて、この片田舎じや、そんな大仕掛なことはありませんよ。これにや、村の衆だつて、おつたまげますだ。なあ、作兵衞（百姓の二に）こりや、見落しちやなんねえぞ、他の村の衆にだつて、大きな顔が出來るといふもんだ。

土民兵　先づ手別けをして、最初の花火を、峠で揚げる……それから、こゝでは、そればかりじやない、もつと色々な仕かけがしてある……たとへば、（近づくも一人の土民兵から、小銃を借り受け、後景にある藁束の一つに狙ひをつける）

この間に、一張羅を着飾つた、村の若者達大勢集り、なかには女も二三名まぢる。土民兵を圍んで見物する。銃聲と共に、煙があがり、倒れる。なかから、太左衛門の一子次太郎少年が、火の付いた日の丸の扇子を高く指しあげて現れる。群集の間に喊聲が起り、既にお祭氣分。

少年　（小具足に緋羅紗の陣羽織を着て、扇を捨てると、群集の方に近づいてくる）どうだ、みんな、驚いたか？　いまのは、一寸、試しにやつてみたのだが、（藁束の列を振返り） あのなかに、様々な仕かけをして置く、なかには、武者人形もあれば、踊子もはいつてゐるといふわけなんだ、いはば、出車の一種だが、面白い趣向だらう……どうです、撃つてみる氣はありませんか？ いま撃つんじやない、鐵砲はいくらでもある、武家のお祭りだから、勇壯なところがなくちやいけない、御通過の際にこれをやつてみせる。的は大きいから誰にでもやれるのだ、有志の者があるなら、鐵砲は貸してあげる、何事も餘興だ、どうです、若い者が大勢揃つてゐるが、やつてみる氣はないか？

土民兵 さうだ、撃方は敎へてやる。

少年 望みの者があるなら、こゝに出ませんか、ただ見物するより、ずつと面白いぞ、いまから少し稽古をすれば、わけないことだ。

若者達の一人が前に出る、「俺も」「俺も」と續いて十人ばかりが、前に出る。

少年 よし、よし、もう出るものはないか？ 餘り多くても混雜する、この位ゐでよからう、（土民兵を顧て） それでは、始めようか、鐵砲を十挺ほどな、向ふの廣場がいゝぞ、おい、みんな、俺の後について來い……よし、よし、竝んで、ははあ、これは立派な兵隊が出來たぞ、それでは出かけよう。

少年を先頭に、土民兵數名、若者の一隊、舞臺を去る。大勢の者、その後を追ひながら、四方に分散する。

百姓の一 それでは、俺達は、峠の方に行つてみよう。

百姓の二 さうだ、峠の方の仕事を片づけなくつちや、なんねえ……だが、これはどうも、大袈裟過ぎやしないかな？

百姓の三 なあに、庄屋のところじや、座敷を片附けるやら、庭を掃くやら、大變な騷ぎだつた……どうも、これは將軍様が、お泊りになるんじやないかな？

百姓の一　まあ、さうあつて貰ひ度いんだが、たとへお泊りにならなくてもだ、仕度だけはして置かねえと、いざといふときの間に合はない……

百姓の四　いや、まづ上首尾といふところで、お立ちを願つた方が宜いかも知れんぞ、いつもお役人の長逗留じや失敗してゐるだからな……それに、何十萬といふ大部隊が通過するんじや、それが全部泊るとなると、村の一つや二つ一緒にしたつて、はいり切れるものじやない。

百姓の二　馬鹿言へ！　お泊りになるんなら、村の一つや二つ潰されたつて構やしねえ、だが、庄屋ときたひにや、慾が深いんだから、あいつ、うまく手柄をひとり占めにして……

百姓の一　しつ！　聲が高いぞ！　もう、かうなりや、景氣よくやつつけべえ。後のことは後のことだ、それじや、出かけようじやないか？（動き出す）

百姓の二　よからう、陽氣にやらう、なあに、間違ひがあれば、みんな、あの二宮太左衞門の責任だ。

百姓の一　あの男なら、拔目はないよ……それに、文字は出來るし……庄屋だつて一目置いてるだからね。

百姓の三　面白え、どつちに轉んでも損はないんだ、あの二宮太左衞門がさう言つたぜ、お百姓は、國の寶だつて、こんどこそお武家衆だつて、俺達だつて……

百姓の二　よし、行かう、行かう、遲くなるぞ！（駈け出す）

百姓達、急いで何か笑ひ興じ、峠を指して去る。

第　三　景

第二景を裏返しにして、後景から前景を見下ろす感じ。葦の繁みのなかで水車が廻つてゐる。前面の小道に、城内から運んできた棺桶が轉がつてゐる。

門衛（淺見傳内）（水車を踏みながら、高いところから）ところ變れば、品變はる、水車を門にして、門を踏んでゐるんだからねえ、門衛にも種類があるよ。これで、徳川三十萬の大軍を水攻めにしようつてんだから大したものだ。

二宮太左衞門（小道の端の床几に掛けて）何を言つてゐる、落人の癖に！

門衛（淺見傳内）落人？　落人だか、お引越だか、そこのところは判つたものじやありません……かうして、物見臺から敵陣を見渡してゐるところは、一方の大將だが、下半身は、お百姓さんと同じで、水仕事、これは一人二役ですねえ、しかし、この方が、晴々としてずつと氣持が宜い、第一遠見は利くし、開けてゐるし、臨機應變の處置がとれる、これなら滿更智慧がないとも言へませんよ、やはり、膺揚なところがなくつちや、戰爭は勝味がない、おや、あれは、宵の明星だ。

太左衞門　ははあ、馬鹿に調子づいてゐるね、やはり人間は、怖い目にぶつつかつてみると度胸が出來る、その分ぢや、誰だつて、裸になつて、棺桶の後をおつかけたとは思はないよ。

傳内　裸だなんて、人聞きの惡い。敵陣を突切つて、やつて來たのですよ。だが、本當を言ひますとね、われながら運が開けたと思ひますよ、何しろ、罠にかゝつた鼠みたいなものだつたんですからねえ、もつとも、自分で作つた罠に自分でかゝつたんですが、門が閉つてゐたのには驚きましたね、そのうちに、すぐ耳許に矢叫びの聲が迫つてきます、下手に痲胡ついてゐると、味方の玉にやられるんですよ。だが、あれが、靈感とでも言ふのでせうか、突嗟に思ひついて、入道爲三の後をおつかけたのです。

太左衛門　まづ、門を離れた門衞は、軍律によつて銃殺だな。

傳內　嚇かしちやいけませんよ。落ちる積りなら、いつだつて落ちられたんです。こゝに、かうしてお役に立つてゐるのだつて、慾得じやありません、すべて自發的なんですから、この自發的といふのがなかなか容易なものじやないので……私だつて……

太左衛門　判つた、判つた、昔の罪は問はないことにしよう。その代り確り賴むぞ……今度は、口じや胡魔化されんからな。

傳內　どうも、百姓とゝもつかず、武士ともつかず、おかしな恰好をして、確り賴まれたんでは、やつぱりこれは、罰を受けてゐるやうですね……見物してゐる方ではなくつて、見物されてゐる方ですね、私の出番が、こんな工合に廻つてくるとは思ひませんでしたよ、然し、時間の差といふものは、恐ろしいものですね、わたしは、入道爲三の後をすぐに追つかけたんですが、なかなか追つけないものですね、なにしろそこいらは敵の陣地なんですから、そのうちに日は暮れてくるし、わたしは、どの位ゐ走つたかわかりませんよ……だが、裸になつたといふのは、ありや嘘ですよ、もつとも人眼に付き易い鎧などは捨てましたがね。

太左衛門　問はず語りにだんだん白狀するね、だが、それも、經驗といふものさ、人は性根さへ狂つてゐなければ、段々強くなる、最後の勝負は、腕でもなければ、度胸でもない、全責任を背負つて起つことだ、是非曲直を究めることだ……考へてもみろよ、われわれは、こゝで、二百騎足らずの小勢で、德川の大軍を邀擊しようといふのだ、あたり前なら理窟に合つたものじやない。

傳內　さう言へば、さうですね、なんだか、そんな氣がしませんよ、それも、苦しみの後の安心といふやうなものでせうか？　御宿勘兵衛と言へば、まるで勇士のお手本みたいなことを、言はれてゐますが、なあに、私だつて、いくらも違つちやゐなかつたかも知れませんよ、もつとも、考へてゐることと、實際とは、少しづゝ違つてはきますがね……この戰場には、何か朗なものがありますよ、なあに、大丈夫、間違つちやゐないといふやうなものが……

太左衛門　何が間違ひだ？　まあ、お前と御宿勘兵衛とじや、一緒にならんかも知れんが、それも、これも、積みあげられて、一體となつて、敵にぶつ突かるのだ、われわれの戰術も、そこまで遡るわけだが、百姓どもを甘く抱き込んで、地の利に從つて人數を配置してあるから、戰場の變化はこつちのものだ、この間道にさしかゝつては、敵は何十萬あらうとも、道はばだけの働きしか出來ないわけだ、峠には、張拔筒が一挺伏せてある、こちらの兵力は二百騎足らずでも千騎、一萬騎の分はあることになる。これは、必勝といふやうな餘裕のあるものじやないが、立派に戰爭になる。それを考へると、何事も諦める手はないな、結局信ずるか、行ふか、機先を制すること、そこから何か生れる、下手の智慧は後からと言ふが、明日のことを取越苦勞してゐると、何もかも取逃してしまふからな……

傳内　もう、そろそろ敵が現れさうなものですが、夏の夜は、短いから、心がせかれます……わたしの心が變つたのか、それとも、世の中の心が變つたのか、何をやつても面白さうな氣がしてきました、一層面白ついでに、途徹もないことが始まれば、いや始まりますよ……百姓どもは、瞞すのを一歩踏み込んで、味方につけようと思へば、つけられるのかも知れませんね、百姓ばかりじやない、何か、いままで壓へつけられてゐた連中は、壓へつけるものに向つて……それがはつきりとしてくると……いや、百姓どもの騷ぎつたらないですよ、鐘や太鼓も鳴らすんだと言つてゐましたよ、あれ等は、お祭りの積りなんですが、德川様をお迎へするね、だが、あゝ簡單に瞞されるところをみると、あれ等には、あれ等を興奮させる、何かがあるんです、あいつ等は、土にしがみついても生きますよ、だんだん殖える、數で對抗する……しまひには、何かが出來上りますね、もう心の判斷なんて屆かないものが……さうです、私だつて、その煽りを喰つて、水車を踏むやら、見張をするやら、この景氣を眞田幸村樣に、お目にかけ度い氣がしますね、さういへば、お城は本當に落ちたのでせうか？　なんだか嘘のやうで、それに眞田幸村の討死の樣子も傳はつて來ないし……

太左衛門　それは、落ちたにきまつてゐるさ、さもなくば、關東軍が東上する筈はない……だが、眞田幸村は、もう、一つの永遠、一つの不滅と言つても宜いやうなものだからな、眞の姿は、眼には判らないよ、傳說のなかの幸村は何處にでもゐる、これは一說だが、幸村は、後藤又兵衛やなどと一緒に、秀頼を奉じて、薩州の島津に落延びたといふが、或ひは、さういふことがあるかも知れん……

傳內　でも、あの圍みを……？

太左衛門　それは、拔穴でも、船でもあることだから……それに、島津は、この戰爭に、陣代さへも送らなかつた位ゐだし、ないない、大阪方と氣脈を通じ、眞田と打合せがあつたかも知れない……だが、それはそれ、これはこれ、眞相といふものは、容易に察知出來るものじやない、單に生き延びるために、落ちる筈もないし、一番確かなことは、運命に叛かなかつたといふことだ、まだまだ第一第二の眞田幸村が討つて出るかも知れない、現にわれわれが、こゝに……さうだらう？

傳內　そのうちに、段々樣子が傳はつてきますね、先づ吾々が第一に……これだつて、誰にも想像もつかないでせう、それに、私がこの高いところから、怖れ氣もなく、戰場を見張つてゐる、火攻め、水攻め、少し華々しい氣がしてきましたねえ……かうなると、一兵卒とは言へないでせう、傳說のなかの……

太左衛門　玉の來ないうちはな。

傳內　暗くなつてきた。（絶えず水車を踏みながら、少し伸びあがる）あの急拵への沼の上で、魚が跳ねてゐますよ、なあに、この見世物を見ないうちは、玉に當りつこはありません、今度は、幕を切つて落とす役ですからね。

太左衛門　……そろそろ、來さうなものだが、お前、遠眼は利くな？

傳內　まだ、血迷つちやゐませんよ、向ふに松の木があつて、芒があつて、一寸見えなくなつてゐるが、あの道の曲り角のところから、少し上の方に……（低い聲で）來ました！

太左衛門　よし！（起ち上り）先手だな？

傳內　さうです、斥候《ものみ》らしいですよ。あつ、その後から、行列をつくつてゐます。

太左衛門　（後を振向き、小手を擧げる）……

同じ小道の外れに、横木の繁みがあり、人影が現れて、前方の傾斜に向つて、駈け降りる。

傳內　先手は、牧方村にかゝりました。夕景にかゝつたので、先を急いで居ります。

太左衛門　そこまで判るか？

傳內　……赤、白、紫、淺黃、とりどりの色、こんなのを見るのは始めてです。こんどは、騎馬の武者が多くなりました……あゝ、よく見える、これなら、丁度矢頃と言つても……

太左衛門　駕は、まだか？

傳內　……まだです、どうも立木が邪魔になるので……あゝ、見えてきました、あれは、鐵砲組ですね、その後に白黑一文字の旗、橘の赤旗、歩行立《かちだち》の者が楯を運んで居ります。あれが敵だつたんですね、横腹が膨れたり縮んだりして、何處までつゞくか知らないが、正體をみとどけると、それほど不思議なものでもありません……ぽうつと、一體に霞んできましたよ、そのなかをところどころ煌めくものが、動いてゆく、まるで、何を考へてゐるのか見當もつきませんが、無事に通せば、それまで……だが、何か起る、起らないといふわけにはゆかない、こいつを試してみないことには……峠の方は、ひつそりと靜まり返つて……

太左衛門　火に包んで燒くか、水に追ひ込んで溺らすか、いまに、その長い帶を寸斷してみせるからな。油斷するな！村の者どもは、どうだ？

傳內　……道の兩側に……行儀よく竝んでゐます。見えて來ましたよ、旗本らしいものが、さうです、あれは葵の御紋です、それから駕、一つ、二つ、三つ……近づいてきます。

太左衛門　備へは？

傳內　それが、何と言つていゝのか、私には、一寸見分けられません……左右には、あれは槍隊といふのですか、でも道が狹いので、田のなかを別れて……（この時、峠の方に當つて、銃聲起る）……あつ！（水車を降りようとして、もとの位置と動作に還る）駕が停りました！　いや、進みました！　先手が、二手に別れて……蛇のやうに、卷きつきます、戻つてきます！　丁度牧方村の……あつ、橋が落ちました！

太左衛門、門衛の言葉を待たず、傍に置いてあつた、赤地に六文錢の大旗を取りあげて振る。次から次へ、野に、山に、喊聲あがり、後景は、一面赤地に白く染め拔いた六文錢の旗の海と化す。遙かに、鐘、太鼓、法螺貝の音、騷然として湧き上る。土手の左手蔭から、少年、村の若者十名を引連れて、走り出てくる。みな鐵砲を持つてゐる。

太左衛門　（少年の方に向つて）用意は宜いか？

少年　はい、みんな、擊ちたがつて、待ち構へてゐます。この調子なら、お祭も、上首尾です。今日は、氣の濟むまで、暴れ廻つても一向差支へないと、申し渡して置きましたので、みんな大喜びです……何しろ、こんなことは二度とないんですから、武家のお祭り、なあに、悪い奴等が出てきたら、われわれの手でも退治してしまひます。

太左衛門　（若者達に聞えるやうに）うん、たいしたお祭りだぞ、悪い奴等が榮えるか、立派な人間が榮えるか……その分れ目のお祭だ。こいつを一つ、思ひつきり祝つて置かんことには、あとあとの爲にならん。敵だとか、味方だとか、何も武家に限つたことじやないのだが、一ぺん、さうした戰爭の樣子を、お前達にも見せて置き度いな。何も、勝つたからつて、いつまでも勝ち續けるわけのものじやない、最後に勝つのは、かうしてお祝ひ申上げる俺達なんだ。と、いふわけで、え、さうした氣持で景氣よくやらう。

少年　勝ち戰さを祝ふ者は、勝つたも同樣ですね。藁人形が待つてゐますよ、あれを、敵だと思つて、さあ、いよいよ何が飛び出すか……もつと、前に出て、よく見えるところから、撃つてみませう……やあ、旗で一杯だ、うまくいつた、

太左衛門　今度は俺達の番だぞ、もつと前に出なければ、藁束が葦に隱れてよく見えん。

少年　葦の向ふまで行け！

さうですね。（後を向き）おい、みんな、向ふまで駈足だ、川があるぞ、氣をつけて跳び越すんだ。

少年を先頭に、若者達、「旗が一杯あるぞ！」「これが本當だつたら尙いゝんだがなあ！」「あゝ、見える見える、あれが敵だ」「やあ戰爭だ！」などと、口々に騷がしく叫びながら、左手葦の切れ目から見える傾斜の中途、凹んだところまで行く。若者達は、地に伏し、紙の小旗を持つてゐる少年の半身だけが見える。

傳內　（依然として前方を見張りながら）……始まりました、峠でも火の手があがつてをります。かうなると、何處に目をやつていゝのか、どこもかしこも、敵の兵ばかりですよ……味方らしいものは、あつ！　見えます、見えます、もう、眼

と鼻との間です、百姓達の逃げ散つてしまつた後に、だが、たつたあれだけの人數では、いや、あれは動かない、變だぞ……家に火がつきました、煙で、道が匿れてしまひました……あつ、斬合つてゐる、斬合つてゐる、まるで、同志打のやうだが、段々道を離れて、原つぱの方へ……もう暗くなつて、ただ旗の動いてるのだの、槍の穂先だの……

太左衛門　敵の旗本は、どつちへ動いた？

傳內　えゝ、それが何だか、よく判らなくつてしまつたので……多分、後に引き取つたんじやないかと思ふので……あつ撃つてゐます、鐵砲を撃つてゐます　。（音がする）

太左衛門　（大聲で少年の方に）もう、始めても宜いぞ！

少年　（上半身で、遠くから振返り）大丈夫、いま始めます、みんなが集つたところで、お祭りの餘興……飛び出すものは、敵と味方……凄いところを一つ！

太左衛門　（土手に沿つて、見晴らしの利くところまでゆく）……よし、撃て！

少年　（紙の小旗を振つて）用意！（間を置いて）撃て！

銃聲とともに、後景に火の手あがる。藁束に仕込んだ火藥が炸裂し、四方に飛び散る、焼草に燃え移る。

後景、次第に火の海と化し、煙あがり、翻る赤旗とともに、視界を匿す。劍戟の響、人馬の叫喚。

少年　用意！（間を置いて）撃て！

傳內　（依然として、水車を踏みながら）まるで、風呂桶が破裂したやうな工合に、煙のなかに、人が重なり合つて落ちてゆきます、あれは、火を消す積りなんでせうが、かうなると人間の動作なんて……鈍いものですね……煙が擴がります…………あれは網ですね、白い網のなかに、人でも、馬でも、家でも、包んでしまひます、あれを、もし、上から踏み潰すこが出來るなら……おや、あそこに、六文錢の旗が靡いて、進んでゐる……もう、なんだか、よく判らなくなつた、暗いので、ただ火の海が、一面火の海です！

太左衞門 （少年の方に向つて大聲で） おうい、そこから駕か、敵の旗本か、何か、それらしいものは見えんか？

少年 （振返り） 見えません、（傾斜を駈け降りる若者達の後に殘つて） だが、三箇所位ゐで、敵の連絡を斷ち切つてゐます。ひとつは、いまこの下で……激しくなりました、（立つたまゝ、鐵砲を狙つて擊つ） 私は、樣子を見てきます。（鐵砲を投げ捨て、傾斜を駈け降りる）

傳内 ……これを、ただ、かうして見てゐては……でも、俺の足は、これが役に立つてゐるんだ……近江路は、牧方村を經て、葦の繁みか？ そこまで、はつきりしてゐたんだとすると、この俺の役割だつて、まるで、紙に書いて貼りつけたやうなものだな、これは、夢のなかで、夢を見てゐるやうな工合だが、このまゝ、こゝに噛りついてさへゐれば、閉め出しを喰ふ氣遣ひはないぞ……それから、火の海と、水の海、こいつが役に立つかも知れん……葦の砦、夏の夜、近づく敵（伸び上つて、前方を見ようとすると、數發の玉が、音を立てゝ飛んでくる。玉に當る。手を擴げて、水車の上に斃れる。水車が、全く動かなくなる）……

太左衞門 （門衞の死を知らず） ふん、砦で、後陣を喰ひ止めてゐるとすると、先づ計畫通りだ、（少年の後を見ようとするが、何も見えない） これは、連絡をとる必要があるな、三好兄弟の手で、敵の後を衝いて、旗本に迫るとすれば、橋の手前から、辻堂にかけてが、大切な場所だ、ついでに、少し突き崩して、反對の側から火をかけてやる、これは一刻《ひとゝき》勝負になつた、よし！（しく起る激喊聲に、鎧の上帶を締め直し、急いで小道を左に去る）

舞臺、傳内の死骸を殘して、暫く空虛。遠く、「眞田幸村こゝにあり！」「眞田左衞門佐幸村こゝにあり！」「眞田幸村大御所に見參！」などといふ名乘聲が、夜陰に籠つて斷續する。太刀打の音、風を切つて飛ぶ矢の唸り、後景の火の色、次第に衰へ、白い煙が層をなして棚引く、その上に、無數の星が瞬く。百姓二名、こけつまろびつ、舞臺前面を左から右へ逃げてゆく。

百姓の一　おい、少し待てよ、息が切れる……

百姓の二　うん、誰も、後を追つちやゐないか？　おや、俺はまだ……（持つてゐた竹槍を投げ捨てる）

百姓の一　もう、こゝまで來れば、大丈夫だ、どうも、こんなことじやないかと思つたんだが……とても、俺達に歯の立つもんじやないよ……

百姓の二　だが、お前、手傳つたんだらう？

百姓の一　始めのうちは面白半分、火をつける位ゐまではやつてみたがね……こつちが、追はれはじめるとなると、もう駄目だあ、戰爭なんて眞平だよ……

百姓の二　俺達小作人にや、畑も、家もあつたもんじやないが……こんな怖ろしい目にあつたんじや、牧方村の奴等が、お祭りだいふもんで、つひつり出されてしまつて……命を落して宜い位ゐなら、なにも、土にしがみついて、暮らしちやゐねえだ。

百姓の一　さうだ、お武家を贔屓しだしたひにや、こつちの命が危い、俺達には、とても士民兵の眞似は出來ねえだ。遠くの方から見てる分にや、差支へないが……行列を、お迎へするなんて、そいつがいけねえだ。つひ、慾にからんだ奴等が、賣込もうと思つて……その失策の、尻を俺達が拭はせられるだ。

百姓の二　どつちみち、俺達がいぢめられるんだ、つひ、いぢめ返してやらうと思つて……だが、大阪方たあ知らなかつた。（後景に、近づく人馬の音にぎよつとして）おい！　まだ來るぞ！

百姓の一　逃げよう、も一息だ、（走り出し）かうしてゐる間にも、追ひつかれてみろ、踏み殺される……

百姓の二　おや、前の方にも、音がする……

百姓の一　しまつたぞ、だつて俺は、もう一里以上走つたんだが……（這ふやうにして）しかし暗い方なら、安全だ、早く來い！

百姓の二　この先を、右に、右に廻れば、桑畑……（走つてゐる）誰も知つちやゐない……

百姓二人が、舞臺を去る間に、後景に火焔立ち昇り、葵の旗、斜に靡つて消える。水車が少し動いて、もとの位置に止る。舞臺、再び空虚になり、六文錢の赤い旗をちりばめた、白い煙の幕が、完全に後景の視野を閉す。靜寂。葦ざわめき、武者數人通過する氣配。暫く間を置いて、葵の紋の陣羽織に、鍬形の兜を冠つた德川家康が、葦を分けて現れる、半身水に濡れ、疲れきつて、土手の上に膝をつく。あたりを見廻し、置き捨ててあつた棺桶に眼をつけ、這ひよつて、蓋を開ける。ためらひ、なかにはいり、一度首を出して、あたりの樣子を伺ひ、呟やきながら、蓋を閉める。棺桶は、横倒しになつたまゝ。——左手、葦のとぎれた間から、三好兄弟、黑皮縅の鎧に、返り血を浴び、一人は槍、一人は刀を引提げて登場。あたりを見廻し、葦のなかを突いて廻る、一巡して土手の上に落合ふ。

兄の淸海　居らぬ。

弟の爲三　まだ、遠くはゆかぬ筈だが……？

兄弟、水車の上の死骸を眺め、ともに頷く。

兄の淸海　逃げ足の早い奴だ、しかも、一度は鞍壺にまで槍をつけたのだが……

弟の爲三　あれから……この道に、出ないとすれば……（あたりを見廻し）も一度、いや、絕對に、何處かに……

兄の淸海　よし、も一度探つてみよう。

兄弟、再び、葦のなかを掻き分け、突立て、一巡する。この間に、後景の煙幕が、次第に、大阪城の輪廓を描く。兄弟、七つの白い人間の形をしたものを後に伴ひ、同じところに落合ふ。

弟の爲三　これだけ、探して、ゐないとすれば、取つて返し……

兄の清海　うん、（血槍を振るひ、棺桶を突く恰好をする）自分で、自分の影を突くよりも、もつと身近なところに、ゐる氣がして……さては逃したかな？

弟の爲三　或ひは、まだ、途中にかへつて、どうせ、一人でも多く叩斬つて、巡り合へれば、新將軍でも……

兄の清海　よし、それでは、引返さう。まだ、望みは……捨てん！

三好兄弟の後に、七人の影武者の姿が次第にはつきりとする。これは家康の幻想の所産であるから、兄弟の眼には寫らない。七人の影武者は、鎧を着た上から、薄い白い布に包まれ、なかから夜の色を反射する。兄弟の動作に從つて動き、兄弟と共に去る——

家康、おそる、おそる、棺桶の蓋を開け、手顫へて、棺桶と共に倒れる。

後景、一時に明るくなり、大阪城の輪廓の前に、六文錢の旗むらがり立つ。それが、切つて落されたやうに、翻へりながら散つてゆく。舞臺、次第に暗緑色に變り、やがて暗黑。

——幕——

（完）

演出上の注意——装置、衣裳、其の他、考古學的考證によらず、すべて自由な發案を可とする。（禁無斷上演映畫化）